Felix Huby

Bienzle und die letzte Beichte

Kriminalroman

Fischer Taschenbuch Verlag

2. Auflage: Juni 2005

Originalausgabe
Veröffentlicht im Fischer Taschenbuch Verlag,
einem Unternehmen der S. Fischer Verlag GmbH,
Frankfurt am Main, Mai 2005

Satz: Pinkuin Satz und Datentechnik, Berlin
Druck und Bindung: Clausen & Bosse, Leck
Printed in Germany
ISBN 3-596-16674-8

Prolog

Der Weg war schmal und tief ausgetreten. Schlehenbüsche drängten von links und rechts herein. Man musste ihnen behutsam ausweichen. Ihre spitzen Stacheln verhakten sich nur allzu leicht in den Kleidern.

Paul Autenrieth ging mit schnellen, festen Schritten und hatte seinen Blick auf das hellbraune Band des Trampelpfades gerichtet. Tief unter ihm gurgelte die junge Donau zwischen den schroff aufragenden Felsen. Es hatte viel geregnet in den letzten Tagen und Wochen. Der Fluss führte mehr Wasser als gewöhnlich.

Der Hund lief, die Nase dicht am Boden, weit voraus. Autenrieth stieß einen schrillen Pfiff aus. Der Rüde machte sofort kehrt und rannte zu seinem Herrn zurück. Paul Autenrieth hatte seit seinem vierzehnten Lebensjahr immer einen Hund gehabt. Und alle hatte er zum absoluten Gehorsam erzogen.

Etwa dreißig Meter vor dem Spaziergänger wurde nun der Weg etwas breiter und öffnete sich zu einem schmalen Aussichtsplatz. Dort stand eine Bank, die Autenrieth vor Jahren dem örtlichen Verschönerungsverein gestiftet hatte. Sein Name war auf einem kleinen Metallplättchen am oberen Rand der Lehne festgehalten. Autenrieth blieb überrascht stehen. Auf der Bank saß eine schmale Gestalt. »Voraus!«, kommandierte er seinen Hund. Der rannte los und blieb bei der Gestalt stehen, verbellte sie aber nicht, wie es Autenrieth eigentlich erwartet hatte.

Autenrieth erreichte den Aussichtspunkt. »Du?«, sagte er überrascht. »Um diese Zeit hier draußen?«
»Ich hab auf dich gewartet«, kam die Antwort. »Komm, setz dich her!«
»Ich denk ja nicht dran!« Autenrieths Augen funkelten böse. Sein Blick ging über die hellen Felsen, deren Kanten und Verwerfungen, schattenlos und klar, senkrecht abfielen, hinab zum Fluss.
»Ja, da geht's steil und tief hinunter«, hörte er die Stimme in seinem Rücken sagen.
»Des ischt ja nix Neus«, gab er unfreundlich zurück. »Und jetzt lass mir mei Ruh!«
»Hast du alles erledigt?«
»Du hast mir ja keine andere Wahl gelassen.«
»Natürlich nicht. Gute Nacht, Paul.«
Autenrieth antwortete nicht. Er sah der leicht gebeugten Gestalt nach, wie sie auf dem schmalen Weg davonging. Dem Dorf zu. Einen Augenblick durchzuckte ihn der Gedanke, wie leicht es wäre, dieses teuflische Wesen jetzt, in diesem Augenblick, loszuwerden. Dann wäre Schluss mit den Peinigungen. Er hätte das schwache Bündel Mensch ohne viel Kraftaufwand über den Felsrand hinabstoßen können. Jeder hätte geglaubt, es sei gestürzt, weil ihm schwindlig geworden oder weil es über einen Stein oder einen Ast gestolpert sei.

Aber wahrscheinlich war ja auch für diesen Fall vorgesorgt. Und dann würde alles auffliegen. Er zog die Luft durch die Zähne und setzte sich auf die Bank. Hier würde er – wie so oft – sitzen bleiben, bis die Sonne vollends untergegangen war. Sein Hund würde noch ein wenig herumstrolchen und sich dann auf seine Füße legen. Paul Autenrieth genoss dabei die animalische Wärme, die von dem Körper des Tieres ausging. Aber an diesem Abend wollte die Ruhe nicht einkehren, die er sonst fand, wenn er hier, an seinem Lieblingsplatz über dem Donaudurchbruch, den Tag ausklingen ließ.

Erster Tag – Samstag

Achtzig Jahre ist ein gesegnetes Alter«, sagte Bienzle und rechnete im Stillen aus, wie lange es bei ihm noch dauern würde, bis er diese Zahl an Lebensjahren erreichen würde.

Hannelore, die am Steuer des Wagens saß, warf einen Blick zu ihm hinüber, als ob sie wüsste, was in seinem Kopf vorging. »Zum Glück ist das bei uns noch eine Weile hin.«

»Bei dir sowieso«, antwortete Bienzle. »Noch dreißig Jahre. Das ist ein halbes Leben.«

»Trotzdem«, sagte Hannelore, ohne näher zu erklären, was sie damit meinte.

Das Dorf lag in einer Senke, hingekuschelt zwischen Feldern, Wäldern und Wiesen, die sich an sanften Hügeln hinzogen. Im Hintergrund sah man einen kegelförmigen bewaldeten Berg. Bienzle erinnerte sich, dass man ihn hier in Felsenbronn »Backofen« nannte. Wenn dort im Frühjahr oder Herbst die Morgennebel aufstiegen oder wenn die Erde nach heftigem Regen im Sommer dampfte, erzählte seine Tante Gerlinde dem kleinen Ernst: »Jetzt backet d' Hase Pfannekuche.« Und natürlich glaubte er ihr.

»Woran denkst du?«, fragte Hannelore, und Bienzle erzählte es ihr.

Hannelore lächelte: »Ich liebe solche Geschichten!«

»Leider gibt's hier auch ganz andere«, sagte Bienzle ernst. »Aber jetzt feiern wir erst amal der Tante Gerlinde ihren

Geburtstag, machen eine schöne Wanderung und fahren dann gemütlich wieder heim.«

Hannelore und Bienzle waren im Gasthof Adler untergebracht. Dort sollte auch das Geburtstagsfest stattfinden. Als die beiden ankamen, war schon fast die ganze Gesellschaft versammelt. Hannelore, die sich nie besonders um Bienzles Verwandtschaft gekümmert hatte, was im Übrigen durchaus auf Gegenseitigkeit beruhte, wunderte sich über die Ähnlichkeit einiger Männer mit ihrem Bienzle. Sie hatten alle diese rundlichen Gesichter und diesen listigen Blick.

Bienzle hatte ihr schon öfter erklärt, dass dieser Ausdruck nicht listig, sondern knitz sei, und in knitz stecke eben nicht nur List, sondern auch Witz und Hintersinn. Jedenfalls hatte Ernst Bienzle mindestens vier Cousins oder Neffen, die runde Gesichter, knitze Augen, kurze Hälse und erstaunlich schmale Hände hatten wie er.

Und von allen ging etwas Kraftvolles und sehr Selbstbewusstes aus. Wahrscheinlich verwendeten auch alle diesen Spruch: »Egal wo i am Tisch sitz, da wo ich sitz, ischt auf jeden Fall oben!«, den sie von Bienzle kannte.

Die Wiedersehensfreude schien echt zu sein. Man umarmte sich zwar nicht, dazu waren sie wohl alle zu protestantisch erzogen. Aber sie hielten die Hand des anderen lang in ihren Händen, schauten sich in die Augen, schlugen sich auch schon mal herzhaft auf die Schulter oder den Rücken, und sie lachten viel.

Die Frauen bildeten sofort eine eigene kleine Gruppe. Da gab es keine langen Vorreden. »Wie geht's dei'm Vadder,

ischer emmer no so unleidlich?«, war zum Beispiel so ein Begrüßungssatz. Oder: »Was macht dei Rheuma, also i ben letztes Jahr in Abano Therme gwesa. Kann i dir nur empfehla.«
Die Angesprochene fasste sich ins Kreuz und sagte: »I han doch koi Zeit.«
»Ha, jetzt komm, deine Kinder sind doch ausem Haus!«
»Dafür hab i jetzt vier Enkel!«
»Dann wissen wir wenigstens, wer amal unsere Rente zahlt«, warf Bienzle ein.
»Ha komm«, rief einer seiner Vettern. »Du bischt doch Beamter und kriegscht Pension von unsere Steuergelder!«
»Hascht du was gege Beamte?«, fragte ein anderer Vetter. Er war Richter am Amtsgericht in Ulm.
»Was soll ich gege Beamte han, die tun doch nix!«
Das alles und noch viel mehr wurde hin und her geworfen, noch bevor sich überhaupt alle begrüßt hatten.
Hannelore sagte zu einer Frau, die neben ihr stand. »Also, wer immer behauptet hat, Schwaben seien maulfaul – der kann sie nicht gekannt haben.«
»So sind sie aber auch nur, wenn sie sich gut kennen und halbwegs vertrauen.«
»Sie sind keine Schwäbin?«, fragte Hannelore und musterte die Frau erst jetzt richtig. Sie war gut einen Kopf größer als sie selbst, trug ein rotes Kleid aus fließendem Stoff, das bis zu den Knöcheln hinabreichte und tief ausgeschnitten war.
»Nein, ich stamme aus Dresden, hört man das nicht?«
»Doch, jetzt schon.« Hannelore lächelte die Frau offen an. Sie hatte ein schönes gleichmäßiges Gesicht. Ihre roten Haare hatte sie hoch getürmt. Ihre schmalen Augen gaben ihr allerdings einen lauernden Ausdruck. Hannelore sagte:

»Da sind wir ja schon zu zweit – als Nichtschwäbinnen, meine ich.«
Die Frau nickte. »Finden Sie's nicht auch komisch, dass die alle immer noch im Dialekt sprechen?«
»Nein, eigentlich nicht. Mein Bienzle spricht oft Schwäbisch, und ich hör's ganz gern.«
»Also *meinem* Bienzle hab ich das abgewöhnt«, sagte die Sächsin.
Es stellte sich heraus, dass sie die Frau des Ulmer Richters war, der freilich im Gespräch mit seinen Verwandten genauso schwäbelte wie alle anderen.
Bienzle kam herüber. »Sie sind dem Oskar sei Frau, gell?«
Er reichte ihr die Hand, und sein Blick blieb an ihrem Dekolleté hängen. Auf ihn wirkte es wie eine Demonstration der Tatsache, dass auch über fünfzigjährige Frauen noch einen schönen Busen haben können.
Hannelore erinnerte sich im selben Augenblick an ein paar Kleider, die im Schrank hingen und die sie schon lange nicht mehr angehabt hatte.
Gerlinde rief zu Tisch. Die zierliche Person bat um ein wenig Ruhe und begrüßte ihre Gäste mit einer kleinen Rede. Dabei erwähnte sie, dass ihre Neffen und Nichten – eigene Kinder hatte sie nicht – das Fest finanziert hatten, als gemeinsames Geburtstagsgeschenk.
Hannelore beugte sich zu Bienzle hinüber. »Schämt ihr euch eigentlich nicht? Ihr bezahlt, was ihr esst und trinkt, und gebt es dann als Geschenk aus?«
Bienzle grinste: »So semmer halt!«
Aber Hannelore musste dann doch feststellen, dass sie vorschnell geurteilt hatte. Denn jeder hatte auch noch ein persönliches Geschenk mitgebracht, und die meisten

überreichten es mit einer kleinen Ansprache, oft in Gedichtform, und es war erstaunlich, wie kunstvoll manche dieser Verse waren. »Lauter kleine Mörikes, Uhlands und Schillers«, sagte Hannelore zu der Frau des Richters, die ihr gegenübersaß.
»Ja«, gab die zurück, »es gibt eben nur zwei Geniezonen in Deutschland: Sachsen und Schwaben.«
»Mei Hannelore ischt aus Königsberg«, sagte Bienzle, »und die ist ein Genie als Malerin, und der Immanuel Kant kommt ja – glaub ich – auch von dort. Ond wenn mich ned alles täuscht, war Goethe ein Frankfurter und der Beethoven stammt aus Bonn.«
»Aber Einstein war ein Ulmer«, warf der Richter ein.
»Des hat ihm bei den Nazis aber au nix g'holfe«, gab Bienzle bissig zurück. Da war die Markklößchensuppe schon verspeist, und der Sauerbraten mit Spätzle wurde aufgetragen. Zwei Großneffen Gerlindes rappten zu ihren Gitarren: »Tante achtzig/ das macht sich/ Opa sechzig, das rächt sich/ Tante Charlotte vierzig, ziert sich, Jeanette ischt zwanzig/ ond jetzt scho ranzig …«, weiter kamen sie nicht, weil sich ihre ältere Schwester Jeanette wütend auf sie stürzte. Es dauerte etwas, bis wieder Ruhe eingekehrt war. Dann folgte die Weinschaumcreme, hierzulande auch Chaudauxsößle genannt, die es in schwäbischen Haushalten schon immer sonntags gab, wenn man den frühen Alkohol ein wenig kaschieren wollte.
Hannelore wollte wissen, wie es nun weiterginge.
»Jetzt geht man spazieren«, erläuterte Bienzle, »dann gibt's Kaffee und Kuchen, und wahrscheinlich habet die Junge ein paar Spiele vorbereitet, und fast möcht ich wetten: im Stil von ›Wer wird Millionär?‹. Nach dem Kaffee vertritt

man sich wieder ein wenig die Beine, und dann gibt's ein wirklich kräftiges Abendessen. Vermutlich kalte Platten mit Hausmacherwurst und dazu einen wunderbaren Kartoffelsalat, wie man ihn nur hier, im Felsenbronner Adler, kriegt. Und danach kommt eine kleine Tanzkapelle, und wer will, kann dann noch a bissle tanzen.«

Aber das alles erlebte Hannelore ohne ihren Bienzle. Denn der Nachtisch war grade abgeräumt, und man wendete sich dem Verdauungsschnäpschen zu, da stand plötzlich ein kleiner dicker Mann in der Tür des Wirtshaussaales und sagte: »Herr Bienzle, da sind Sie ja!«
Bienzle kniff die Augen zusammen, schüttete den Schnaps hinunter. Dann erst sagte er: »Kurt Langlott! Was machet Sie denn hier?« Und zu seinen Verwandten am Tisch gewandt, fügte er leise hinzu: »Ich hab schon immer gesagt, wenn einer so aussieht, dürft er net Langlott heißen!«
Bienzles Vetter Oskar kannte den Mann ebenfalls: »Das kann nichts Gutes bedeuten«, sagte er und hielt der Bedienung sein Schnapsglas noch einmal hin.
»Kann ich Sie einen Moment unter vier Augen sprechen?« Kurt Langlott wirkte, als ob er auf dem Weg hierher alle seine Sätze auswendig gelernt hätte.
»Sehet Sie net, dass ich privat hier bin!«
»Der Herr Polizeipräsident sagt, er habe das sogar mit der zuständigen Abteilung im Stuttgarter Innenministerium abgesprochen.«
Um die große U-förmige Tafel herum war es plötzlich still geworden. Alle starrten auf Langlott und Bienzle.
»Was ist denn passiert?«, wollte Gerlinde wissen.
»Wir haben schon wieder einen unnatürlichen Todesfall!«,

presste Langlott hervor. Er war höchstens einen Meter sechzig groß und hatte eine gedrungene Figur. Eigentlich war er nicht dick, zumindest nicht im landläufigen Sinne; denn alles an ihm war drall und fest. Die Beine glichen zwei kräftigen Säulen, auf denen ein runder praller Rumpf ruhte. Die Arme waren für den kurzen Körper viel zu lang und sehr muskulös. Seine Hände hatten etwas von Schaufeln. Der quadratische Schädel saß auf einem dicken kurzen Hals.

»Wer ist tot?«, fragte ein drahtiger Mann, der am unteren Tischende saß. Bienzle hatte mitbekommen, dass er der Bürgermeister von Felsenbronn war. Er hieß Thomas Vogler. In jeder Gesellschaft hätte man ihn übersehen, und Bienzle hatte sich bei der Überlegung ertappt, dass dies für so einen ein guter Grund sein könnte, Bürgermeister zu werden. Unangenehm war dem Kommissar aufgefallen, dass Vogler ständig gegen ein nervöses Zucken im rechten Augenwinkel ankämpfte.

»Paul Autenrieth!«, stieß Langlott hervor.

»Was?? Wie?« An der Reaktion der einheimischen Gäste war abzulesen, dass Paul Autenrieth nicht irgendjemand war, sondern ganz offenbar ein wichtiger Mann.

Bienzle wandte sich an seine Tante Gerlinde: »Kenn ich den?«

Gerlinde nickte. »Wie du in den schlechten Jahren immer hier g'wesen bist, damit man dich a bissle aufpäppelt, habt ihr manchmal miteinander gespielt …«

»In den schlechten Jahren …«, so nannte man hier die Jahre im Zweiten Weltkrieg und danach. Bienzle war kurz nach dem Kriegsende geboren. Und da seine Eltern kein Geld hatten, um Urlaub zu machen, wurde er in den Sommerferien immer nach Felsenbronn geschickt, damit ihn die

Tante Gerlinde »herausfüttern« konnte, was sie auch mit großer Leidenschaft tat. Unvergesslich ihr Spruch: »Bei mir kriegscht du a Butterbrot, dass man die Zähne drin sieht, wenn du neibeißt!«

Paul Autenrieth, daran erinnerte sich Bienzle, war der Sohn des größten Bauern in Felsenbronn gewesen. Und als Tante Gerlinde Bienzle einmal in Stuttgart besucht hatte, erzählte sie, dass Autenrieth ein Drittel seiner Äcker als Bauland für ein Industriegebiet verkauft habe. »Für eine Unsumme!«

Kurt Langlott stand noch immer unbeweglich unter der Tür. »Kommet Sie?«, fragte er.
»Woher wissen die im Innenministerium …?«
»*Ich* hab das gewusst. Von Ihrer Tante. Ich meine, dass Sie heute hier sind. Und da hab ich … Entschuldigung, ich hab ja keine Erfahrung mit Mordfällen …«
Hannelore lachte in sich hinein. »Was für ein wunderbarer Zufall«, sagte sie leise und fing sich dafür einen bösen Blick Bienzles ein.

Kurt Langlott, Leiter des örtlichen Polizeipostens, hatte darauf geachtet, dass an der Fundstelle der Leiche nichts verändert wurde. Paul Autenrieth lag halb im Wasser am felsigen Ufer der Donau, die hier in Jahrmillionen einen tiefen Canyon in das Juragestein gegraben hatte. Sein Oberkörper schmiegte sich förmlich in eine Steinkuhle, die vom pulsierenden Wasser des Flusses rund geschliffen worden war. Bevor er hier liegen blieb, musste er mehrfach in der steilen Wand aufgeschlagen sein. Blutspuren markierten die letzten vier, fünf Meter seines Sturzes.

Der Weg hier herunter war mühsam gewesen, vor allem wenn man, wie Bienzle, nicht das richtige Schuhwerk an den Füßen hatte. Der steile Pfad führte im Zickzack durch die Wand. An manchen Stellen waren Eisenklammern in den Fels geschlagen worden, damit man Halt fand. Den ganzen Weg hinunter dachte Bienzle daran, dass er nachher auch wieder hinauf musste.
»Wer hat ihn gefunden?«, fragte Bienzle.
»Wir haben einen Telefonanruf gekriegt.«
»Und?«
»Jetzt hat er, was ihm g'hört!«
»Hä?«
»Ja, so hat die Stimme am Telefon g'sagt.«
»Mann oder Frau?«
»Schwer zu sagen.« Als Langlott in Bienzles Gesicht sah, setzte er hinzu: »Ja wirklich, es gibt doch so Stimmen, wo man des net genau weiß. Der Anrufer oder die Anruferin hat dann noch gesagt: ›Der Autenrieth ist tot. Er liegt an der Donau drunten. Direkt unter seiner Bank.‹«
Bienzle nickte. »Ist der Anruf aufgezeichnet?«
»Nein. Bei uns werden die Gespräche nicht mitgeschnitten. Solche Vorrichtungen wie Sie in Stuttgart haben wir hier oben nicht.«
Bienzle winkte begütigend ab. »Wie lang sind Sie jetzt schon der Chef hier?«
»Seit Januar 2002.«
»Sie haben gesagt, Sie hätten *schon wieder* einen unnatürlichen Todesfall?«
»Ja, letztes Jahr hatten wir schon mal einen, und überhaupt ...«
»Was überhaupt?«

»Wissen Sie nicht, wie man Felsenbronn hier oben nennt?«
Bienzle sah Langlott nur fragend an.
»Mörderdorf!«

Die Mitarbeiter der Spurensicherung beendeten ihre Arbeit. Bienzle verfügte, dass die Leiche in die Gerichtsmedizin nach Tübingen gebracht werden solle. Er sah an der Felswand hinauf. »Es muss ja nicht unbedingt ein Mord gewesen sein«, sagte er – eigentlich gegen seine Überzeugung. »Wenn 's einem da oben plötzlich schwindlig wird oder wenn man ungeschickt stolpert …!«
»Der Autenrieth ist hier jeden Abend mit seinem Hund gelaufen. Der kannte jeden Quadratzentimeter auf dem Weg.«
»Selbstmord?«
»Ich denke, Sie haben den gekannt?!«
»Als Kind!«

Die Leiche Autenrieths wurde in einen Blechsarg gehoben. Man brauchte vier Männer dafür. Der Großbauer wog weit über zwei Zentner, und nun hatte es für Bienzle den Anschein, als mache er sich noch einmal besonders schwer.
»Weiß seine Familie schon Bescheid?«, fragte Bienzle.
»Offiziell noch nicht«, antwortete Langlott.
»Soll ich das übernehmen?«
Langlott sah seinen Stuttgarter Kollegen mit großen Augen an. »Das würden Sie tun?«
»Manchmal erfährt man bei so einer Gelegenheit mehr als nachher in stundenlangen Befragungen.«
»Ja, da könnten Sie Recht haben, trotzdem …«

»Ich weiß«, Bienzle legte dem jüngeren Kollegen kurz die Hand auf die Schulter, »das ist oft das Schwerste an unserem Beruf. Aber was sein muss, muss sein!«

Der Autenrieth-Hof lag etwas außerhalb des Dorfes. Ein schmales Sträßchen bog von der Landesstraße ab, die weiter nach Sigmaringen führte. Auf einem Schild stand: »Privatweg. Befahren auf eigene Gefahr.« Nach etwa fünfzig Metern begannen auf beiden Seiten Pappeln die Zufahrt zu begleiten, die vor einem eisernen Tor endete. Nach rechts und links zog sich eine Backsteinmauer hin, vor der eine saubere Reihe Kirschlorbeerbüsche gepflanzt war. Über die Mauer hinweg war nur das steile rote Ziegeldach des Hauptgebäudes zu erkennen. Das Tor war verschlossen. Bienzle klingelte. Ein Hund kam bellend den Plattenweg heruntergerannt und führte dann jenseits des gusseisernen Torgitters einen wahren Veitstanz auf. Die Stimme aus der Gegensprechanlage war deshalb kaum zu hören.
»Ja, bitte?«
»Ich möchte Frau Autenrieth sprechen.«
»Die ist net da!« Jetzt war die Stimme besser zu hören, sie gehörte offenbar einem Mann und klang brüchig.
»Das wird der Gottlieb sein«, sagte Langlott.
»Und wer ist das?«
»Der alte Knecht!«
»Mein Name ist Bienzle. Ich bin von der Polizei und möchte trotzdem gerne reinkommen. Vielleicht kann ich ja auch mit Ihnen sprechen.«
»Ich mach auf!«
»Und der Hund?«
»Haben Sie Angst?«

»Nein, normalerweise kann ich mit Hunden umgehen, aber so ein Hofhund …?«
»Er heißt Astor!«
Ein Summer ertönte. Das Tor schwang auf. Kurt Langlott machte ein paar Schritte zurück und fasste nach seiner Dienstwaffe, während Bienzle zu dem Hund sagte: »Astor, brav. Bist doch ein guter Hund! Sitz!«
Der Rüde setzte sich und sah Bienzle aufmerksam an. Der Kommissar hielt dem Hund seinen Handrücken vor die Nase, damit der den Geruch aufnehmen konnte, und sagte gleichzeitig mit seiner ruhigen, tiefen Stimme: »Sehr gut! Von dir könnt no mancher Mensch was lerna!«
Vom Dorf her erklang das Kirchengeläut. Bienzle sah auf die Uhr. Es war sechs. Die Tradition des Abendläutens wurde hier also noch gepflegt. Früher diente es dazu, die Leute von den Feldern heimzurufen.
Langsam ging der Kommissar den Plattenweg hinauf. Der Hund hielt sich dicht an seiner Seite. Langlott war mit Bienzles Erlaubnis zu seinem Dienstwagen zurückgekehrt.
Unter der Tür des Wohngebäudes stand ein gebückter alter Mann, der sich auf einen Stock stützte. Er hatte schlohweißes Haar und wirkte ausgemergelt. Sein Gesicht war von zahllosen Falten durchzogen, aber es hatte die Bräune, die man nur bekommt, wenn man jahrein, jahraus an der frischen Luft ist, ganz egal bei welchem Wetter.
Bienzle stellte sich vor. Und der alte Mann sagte: »Ich bin der Gottlieb!«
Der Kommissar wählte den direkten Weg: »Der Herr Autenrieth ist ums Leben gekommen.«
»Ja«, sagte Gottlieb, »Gott sei seiner Seele gnädig.«
»Sie wissen es also schon?«

Gottlieb nickte nur.
»Darf ich reinkommen?«
»Warum?«
»Ich untersuche den Tod von Paul Autenrieth, und da gehört es dazu, dass ich sein Umfeld kennen lerne.«
»Sie schwätzet amal komisch«, sagte Gottlieb.
»Zeigen Sie mir trotzdem die Wohnung?«
»Die vom Herrn?«
»Ja, sicher!« Bienzle gab sich Mühe, geduldig zu bleiben.
»Des geht net. Da darf ich nicht 'nei.«
»Aber ich, und Sie dürfen mich begleiten!«

Von der zweiflügeligen schweren Holztür ging es eine breite Treppe in den ersten Stock hinauf, rechts und links von Handläufen in dunklem Holz begleitet. Bienzle wollte wissen, was im Erdgeschoss sei.
»Die Kammern«, sagte Gottlieb. »Früher hat da das Gesinde g'wohnt. Aber jetzt ben bloß noch ich das Gesinde! Man hat ja für alles Maschinen. Und der Herr hat auch fast sei ganzes Land verkauft.«
»Dabei ist er sicher reich geworden.«
»Das ist der scho immer g'wesen.«
Bienzle stapfte die Treppe hinauf. Im ersten Geschoss erreichten sie einen breiten Gang, der zum Treppenhaus hin mit einem schweren geschnitzten Geländer gesichert war. Genau gegenüber dem Treppenende befand sich eine breite Tür, die im oberen Teil mit einer bunten Glasscheibe geschmückt war. Das Fenster zeigte Erntemotive. Am rechten Türbalken hing ein Schlüssel. Zögernd griff Gottlieb danach, ließ dann aber die Hand wieder sinken. Bienzle nahm den Schlüssel vom Haken und öffnete die Tür.

Das Wohnzimmer war mindestens vierzig Quadratmeter groß. Durch die Fenster auf der gegenüberliegenden Seite strömte das milde Abendlicht herein. In der Mitte des Raumes stand ein massiver Holztisch, an dessen Längsseite je drei Stühle platziert waren. An einer Schmalseite befand sich ein schwerer hoher Holzsessel mit zwei Armlehnen und einem ledernen Sitzpolster. Da habe der Herr immer beim Essen gesessen, sagte Gottlieb.
Bienzle durchschritt den Raum und trat an eines der quadratischen Fenster. Der Blick ging weit über die Albhochfläche.
Der Kommissar wandte sich wieder dem Raum zu. Außer dem Tisch stand nur ein wuchtiges Büfett in dem Zimmer. Der Boden bestand aus hellen Holzdielen. »Essen Sie hier mit?«, fragte Bienzle.
Gottlieb lachte kurz und unfroh auf. Es war ein hohes Kichern, das er ausstieß. Er hatte überhaupt für einen Mann eine ziemlich hohe Stimme, die sich beim Lachen zudem überschlug. »Ich?«
»Also kein Familienanschluss?«
»Jetzt dann vielleicht, wer weiß?«
»Apropos Familie«, sagte Bienzle, »wie sieht es damit aus?«
»Seine Frau halt.«
»Keine Kinder?«
»Doch, schon. Aber die sind schon lang nimmer hier.«
Bienzle zog den hochlehnigen Holzsessel ein wenig vom Tisch weg und setzte sich. Gleichzeitig machte er eine einladende Geste und sagte: »Setzen Sie sich bitte.«
Gottlieb nahm auf der vordersten Kante eines Stuhles Platz, und es war ihm anzusehen, welche Überwindung ihn das kostete.

»Der Alex ist letztes Jahr vierzig geworden, und die Ariane ist vierunddreißig. Aber er hat nimmer mit ihnen gesprochen.«
»Warum?«
»Er hat sie bloß alleweil verspottet.« Gottlieb schüttelte den Kopf. »Und am Schluss hat er verboten, dass man überhaupt ihren Namen nennt.«
Bienzle musterte Gottlieb. »Aber Sie? Haben Sie nicht immer weiter Kontakt zu den Kindern gehalten?«
»Wie kommen Sie darauf?«
»Offenbar haben Sie doch auch unter Paul Autenrieth gelitten.«
Gottlieb nickte: »Ja, das stimmt.«
»Und?«
»Ja, manchmal hat man sich getroffen«, sagte Gottlieb unbestimmt.
»Und Frau Autenrieth?«
Gottlieb faltete die Hände und legte sie auf den Tisch. »Das reine Martyrium!«
»Wenn ich das richtig sehe, könnten jetzt alle erleichtert sein, dass er tot ist.«
»Ja«, sagte Gottlieb schlicht.
»Können Sie sich vorstellen, dass einer nachgeholfen hat?«
Gottlieb sah Bienzle aus seinen wasserblauen Augen an. Ein Lächeln umspielte seine faltigen Mundwinkel. »Den Mut hätt niemand gehabt. Außer dem Karl Meiler vielleicht.«
»Und wer ist das?«
»Der uneheliche Sohn vom Herrn.« Stockend berichtete der Knecht, Karls Mutter sei in Armut gestorben. Paul Autenrieth habe seine Vaterschaft nie anerkannt – auch dann

nicht, als sie nach einem Gentest und einem Gerichtsurteil bestätigt worden sei. Jede Unterhaltszahlung habe der Gerichtsvollzieher eintreiben müssen.

»Und wo finde ich diesen Karl Meiler?«

»Es heißt, er sei ausgewandert.«

Bienzle stemmte sich aus dem Sessel heraus. »Wo geht 's denn da hin?« Er zeigte auf eine Tür.

»Ins Herrenzimmer«, antwortete Gottlieb, »aber es ist streng verboten …« Er ließ den Satz in der Luft hängen.

»Ja, gell«, sagte Bienzle, »man muss sich erst dran gewöhnen.« Er öffnete die Tür zum Nebenraum. Der war etwa halb so groß wie das Wohnzimmer. Vor dem einzigen Fenster, das, genau wie die drüben im anderen Raum, nach Westen ging, stand ein Schreibtisch mit einer gepolsterten Lederauflage auf der Tischplatte. Auch der Stuhl davor war mit Leder gepolstert und hatte eine runde Rückenlehne.

Bienzle versuchte die Schreibtischschublade aufzuziehen. Sie war verschlossen. Gottlieb stand unter der Tür. Er traute sich offensichtlich nicht herein. »Ja dürfen Sie das?«, fragte er. Erst jetzt wurde Bienzle bewusst, dass sich der alte Knecht schon die ganze Zeit sehr bemüht hatte, hochdeutsch zu reden.

Bienzle ging nicht auf die Frage ein, sondern fragte: »Wissen Sie, wo der Schlüssel ist?«

»Warten Sie halt, bis die Frau Autenrieth wieder da ist.«

»Es wär schad um des schöne Möbelstück, wenn ich die Schublade aufbrechen müsste«, gab der Kommissar zurück.

Gottlieb stieß einen Seufzer aus. »Das wird mir der Herr nie verzeihen.«

»Dazu hat er jetzt auch gar keine Gelegenheit mehr«, sagte Bienzle.
Der Knecht kam herüber und ging um den Schreibtisch herum. Er kniete sich ächzend hin und fasste dicht über dem Dielenbretterboden von hinten unter die Umrandung des Tisches. »Er hat da einen Magneten eingelassen, da hängt der Schlüssel dran«, sagte er und zog ihn hervor.
Bienzle musste unwillkürlich lächeln. »Dafür, dass das hier für Sie alles streng verboten war, wissen Sie ganz schön Bescheid.«
»Ja«, sagte Gottlieb. »Aber er war ja au net besonders fein!«
»Wo waren Sie eigentlich gestern Abend?«
»Hier, hier im Haus.«
»Den ganzen Abend?«
»Wo soll ich auch hin?«

Die Schreibtischschublade enthielt Briefe, Notizen, alte Kalender, vergilbte Fotos und ein Kassenbuch.
Bienzle zog einen gültigen Kalender heraus. Offenbar hatte ihn Paul Autenrieth benutzt, um in kurzen Stichworten über sein Leben Buch zu führen. Aufgeschlagen war der 10. September 2004. Das war der gestrige Tag. Bienzle las: »Ich werde also zahlen. Ich habe keine andere Wahl!«
Er stand auf. »Wir werden den Raum versiegeln müssen«, sagte er ernst. Gottlieb, der wieder zur Türschwelle zurückgegangen war, nickte nur.

Es war zwanzig nach sechs, als Bienzle den Hof verließ. Gottlieb begleitete ihn bis zum Tor. Astor lief neben ihnen her. »Wie geht 's denn jetzt für Sie weiter?«, fragte Bienzle den Knecht.

»Besser, hoffe ich!« Ein Lächeln huschte über das alte Gesicht.

Kurt Langlott erwartete Bienzle in seinem Dienstwagen. Auf der Fahrt zur Dorfkirche gab Bienzle telefonisch Anweisung, das Arbeitszimmer Autenrieths zu versiegeln, bis sich die Spurensicherung darum kümmern konnte.

Die Kirche stand in der Mitte des Ortes, umgeben vom Friedhof. Wer aus dem Gotteshaus trat, hatte einen Blick über die Gräber und die Kirchhofmauer hinweg auf den zentralen Platz Felsenbronns. Eine riesige Linde breitete ihre Zweige über einer Bank aus, die um den Baumstamm herumlief. Davor glitzerte die Wasserfläche eines Weihers in der untergehenden Sonne. Der kleine kreisrunde See war angelegt worden, um Löschwasser für die Feuerwehr bereitzuhalten. Auf der anderen Seite stand das Rathaus mit dem Giebel zu dem Teich. Daneben war die Haltestelle für den Bus. Dort lungerten ein paar gelangweilte Jugendliche herum. Sie hatten Bierflaschen in der Hand und hörten aus einem Ghettoblaster Musik, von der auf der anderen Seite des Platzes nur die wummernden Bässe zu vernehmen waren.
Bienzle verabschiedete sich von dem örtlichen Polizeichef, nahm seinen Hut ab und betrat die Kirche.
Seine Augen mussten sich an das Dämmerlicht im Gotteshaus erst gewöhnen. Die Kirche war im oberschwäbischen Barockstil erbaut worden.

Außer einer alten Frau, die ganz links außen in der vorletzten Bank kniete und betete, war niemand in dem kühlen hohen Raum. Bienzle blieb stehen. Plötzlich vernahm er leise Stimmen, konnte aber nicht verstehen, was gesprochen wurde. Er ging in die Richtung, aus der die Stimmen kamen, und näherte sich so dem einzigen Beichtstuhl in der Kirche. Ein paar Schritte davor blieb er stehen. Leise rief er: »Frau Autenrieth?«

Einen Augenblick war es ganz still. Dann wurde plötzlich ein Vorhang im Beichtstuhl heftig zur Seite gerissen, und ein junger Geistlicher erschien. »Was erlauben Sie sich?«, herrschte er den Kommissar an.

»Entschuldigung, ich bin mit den Gepflogenheiten in Ihrer Kirche nicht vertraut«, sagte Bienzle unbeeindruckt. Er machte einen Schritt auf den Mann in der Soutane zu. »Kriminalhauptkommissar Bienzle. Ich ermittle im Todesfall Paul Autenrieth, und ich darf dabei keine Zeit verlieren.«

Jetzt trat auch eine Frau aus dem Beichtstuhl. Sie sah Bienzle forschend an.

»Sind Sie Frau Autenrieth?«, fragte er.

»Ja!«

»Sie wissen, dass Ihr Mann ums Leben gekommen ist?«

»Ja.« Die Frau wirkte ruhig und beherrscht. »Ich habe grade mit dem Herrn Pfarrer alles besprochen, was nun zu tun ist.«

»Im Beichtstuhl?«

»Wir sind Ihnen da keine Rechenschaft schuldig«, schnappte der Pfarrer. Bienzle sah ihn an. Er war höchstens dreißig Jahre alt. Ein hoch gewachsener schlanker Mann mit eng am Kopf anliegenden blonden Haaren und einer randlosen Brille, die seine Augen unnatürlich groß erscheinen ließ.

In Bienzles Rücken erhob sich die alte Frau, die dort gekniet und gebetet hatte. Sie kam an der kleinen Gruppe beim Beichtstuhl vorbei, als sie die Kirche verließ. »Mein Beileid, Rose!«, sagte sie.

»Danke!«, antwortete Frau Autenrieth.

Die alte Frau sah an dem jungen Pfarrer hinauf. »Wann nimmt denn Hochwürden Franziskus wieder die Beichte ab?« Sie hatte eine raue, rauchige, leicht brüchige Stimme.

»Am Freitag nächster Woche.«

»Gut!«, sagte sie und ging hinaus.

Der junge Pfarrer fühlte sich bemüßigt, Bienzle zu erklären: »Sie weigert sich, bei mir zu beichten.«

»Sie sind ja au no a bissle jung«, sagte Bienzle.

»Das ist es nicht. Ich bin ihr zu unmodern.«

»Was?«

»Mein Vorgänger entspricht weit mehr ihren Vorstellungen. Franziskus Gilchinger ist ihr vertraut. Nach dem Zweiten Vatikanischen Konzil hatten Pater Franziskus Gilchinger und sie geglaubt, die Kirche werde sich verändern. Angestoßen von Johannes XXIII., den sie beide geliebt und verehrt haben. Ihm hätten sie zugetraut, dass er im Namen der katholischen Kirche alle Macht von sich weisen und nur noch ein Beispiel für ein einfaches, gläubiges und gottgefälliges Leben geben würde.«

»Klingt ja net direkt schlecht«, sagte Bienzle.

Der Pfarrer lachte ein wenig. »Mir haben die zwei unterstellt, ich sei extrem konservativ und hätte die spätere Revision begeistert begrüßt.«

»Und? Stimmt das?«

»Ich bin Jahrgang 1976. Ich vertrete die Kirche, wie ich sie vorgefunden habe. Zugegeben, das mag nicht sonderlich fortschrittlich sein …«

Frau Autenrieth mischte sich ein: »Außerdem glauben die, Johannes Paul I. sei ermordet worden.«
Bienzle versuchte ein Lächeln. »Das ist ein Fall, mit dem ich zum Glück nichts zu tun habe.« Er begleitete Frau Autenrieth aus der Kirche, während der junge Pfarrer in seine Sakristei zurückkehrte.

Die Sonne war untergegangen, als Bienzle und die Bauersfrau über den Friedhof schritten. »Dort wird er liegen«, sagte Frau Autenrieth und wies auf eine repräsentative Grabstätte, die von zwei marmornen Engeln flankiert wurde.
»Wann haben Sie von seinem Tod erfahren?«, fragte Bienzle.
»Heut Mittag.«
»Aber es muss schon gestern Abend passiert sein.«
»Ja.«
»Da haben Sie sich doch sicher Sorgen gemacht?«
»Nein.«
»Und warum nicht?«
»Er ist gegangen und gekommen, wie er gewollt hat.«
»Und der Hund?«
»Ist gestern Abend allein zurückgekommen. Der ist so erzogen. Den hat mein Mann einfach heimgeschickt, wenn er ihn nicht mehr brauchen konnte.«
»Ach so war das.« Bienzle fuhr sich mit gespreizten Fingern über seinen fast kahlen Kopf und setzte seinen Hut wieder auf. »Wie kommen Sie denn jetzt heim?«
»Mit dem Fahrrad.«
Bienzle blieb stehen. »Ihr Mann hat in seinem Kalender unter dem gestrigen Tag eine Notiz gemacht: ›Ich werde also zahlen. Ich habe keine andere Wahl.‹«

»Woher wissen Sie das?«
»Ich war bei Ihnen zu Hause und hab mich ein bisschen umgesehen.«
»Schämen Sie sich nicht?«
»So, wie Sie reden, Frau Autenrieth, habe ich das Gefühl, Ihr Mann hätte viel mehr Grund gehabt, sich zu schämen.«
»Aber er ist tot!«
Bienzle sah nachdenklich in das Gesicht der Bäuerin. Er schätzte sie auf Mitte fünfzig. Ihre Stirn war weit vorgewölbt. Die Haare lagen eng am Kopf und waren im Nacken in einer Rolle zusammengefasst. Das Kinn sprang vor. Ihre Lippen waren schmal und wurden links und rechts von scharfen Falten gefasst, die dem Gesicht einen verbitterten Ausdruck verliehen.
»Wissen Sie, was der Eintrag im Kalender Ihres Mannes bedeutet?«
»Wie? Was ist?« Sie schien nicht zugehört zu haben.
»An wen wollte oder musste er bezahlen und warum?«
»Ich habe keine Ahnung.«
Bienzle sah Rose Autenrieth ins Gesicht. Er hatte nicht das Gefühl, dass sie log. »Ich habe das Arbeitszimmer Ihres Mannes versiegeln lassen.«
»Aber warum?«
»Er ist auf unnatürliche Weise ums Leben gekommen. Einen Mord können wir nicht ausschließen. Also müssen wir alles über ihn und seine Umgebung erfahren.«
»Das versteh ich net. Was haben Sie überhaupt damit zu tun? Sie sind doch gar net von hier.«
»Ja, stimmt. Ich bin eigentlich ganz zufällig da. Den Geburtstag meiner Tante feiern.«
»Ach, die Gerlinde Bienzle? Da war ich auch eingelade.«

Rose Autenrieth schloss ihr Fahrrad auf und schickte sich an, aufzusteigen.
Bienzle sagte: »Ich hab noch viele Fragen an Sie.«
»Morgen von mir aus!« Sie trat heftig in die Pedale und radelte davon.
Der junge Pfarrer trat aus seiner Kirche, als ob er nur darauf gewartet hätte. »Die arme Frau«, sagte er.
»Der Knecht hat mir erzählt, ihr Leben sei das reine Martyrium gewesen.«
»Mit dem Begriff sollte man vorsichtig umgehen.«
»Kommet Se, jetzt tun Sie doch net so salbungsvoll. Mann! In Ihrem Alter, des nimmt Ihne doch koiner ab. Also was ist? Was wissen Sie über die Ehe der Autenrieths?«
Der junge Pfarrer biss sich auf die Unterlippe.
Bienzle stieß nach: »Alles wird ja wohl net unter Ihr Beichtgeheimnis fallen!«
»Paul Autenrieth war ein selbstgefälliger und jähzorniger Mann.«
»Aber er kam brav in Ihre Kirche, nehme ich an.«
Der Pfarrer nickte. »Jeden Sonntag.«
»Und zur Beichte?«
»Regelmäßig!«
Bienzle schien es, als schwinge Stolz in der Stimme des Pfarrers mit. »Hat er seine Frau geschlagen?«
»Das kam vor.«
»Auch regelmäßig?«
Der Geistliche schenkte sich eine Antwort. Bienzle konnte sich nicht erklären, warum ein solcher Zorn gegen den Pfarrer in ihm aufstieg. »Sind Sie auch schon amal angeeckt?«, fragte er überraschend.
Der Pfarrer nahm seine Brille ab, putzte sie mit einem blü-

tenweißen Taschentuch, das er aus der Innentasche seiner schwarzen Jacke hervorgefingert hatte, und zog es vor, nicht zu antworten. »Sonst noch Fragen?«

»Nur noch eine erst mal: Wo finde ich Ihren Vorgänger?«

»Im Kloster Beuron. Dort verbringt er seinen Lebensabend. Aber, wie gesagt, am Freitag ist er hier, um einigen unserer Gläubigen die Beichte abzunehmen.«

»Glaubt er denn wirklich auch, dass Johannes Paul I. ermordet worden ist?«

»Sie sagten: ›Nur noch eine Frage erst mal.‹ Und die habe ich Ihnen beantwortet. Behüt Sie Gott, Herr Kommissar.«

Der Pfarrer wendete sich abrupt ab und kehrte mit langen Schritten in seine Kirche zurück.

Bienzle machte sich auf den Weg zum Gasthof Adler. Es war nicht weit. Fünfzig Meter die Rathausgasse hinunter, dann den Mörikeweg links ab, vorbei an der Hauptschule und schließlich ein steiles Sträßchen hinauf, das seinen Namen »Spitzweggässle« redlich verdiente.

Die Männer hatten die Jacken ausgezogen und die Krawattenknoten gelockert. Im Saal des Gasthofs herrschte eine Luft, dass man glauben konnte, man könne sie mit dem Messer schneiden. Ein Mann an einem Keyboard spielte und sang: »Ein Bett im Kornfeld, das ist immer noch frei ...« Dazu lärmte eine Rhythmusmaschine, die an sein Instrument angeschlossen war. Hannelore tanzte mit dem Richter aus Ulm. Gerlinde hatte zwei Cousinen untergefasst und schunkelte im Takt der Schnulze. Niemand beachtete Bienzle, der unter der Tür stehen blieb und seinen Hut mit einem Stupser des Zeigefingers aus der Stirn schob. Der Alleinunterhalter verballhornte nun den Text: »Ein Korn im

Feldbett ist immer dabei ...« Ein paar der Geburtstagsgäste lachten. Ein paar andere applaudierten sogar. Das animierte den Keyboarder, eine Polonaise anzusagen. Bereitwillig reihten sich die meisten Gäste in eine lange Reihe ein und fassten sich an den Schultern.
Bienzle hängte seinen Hut und seinen Mantel an die Garderobe und ging zu den Resten des Büfetts. Viel war nicht mehr da. Aber immerhin ergatterte er noch ein ordentliches Stück Hausmacherleberwurst, zwei Essiggurken und ein kräftiges Stück Bauernbrot.
Gerlinde kam auf ihn zugeeilt. »So ein schönes Fest. So ein schönes Fest!« Sie wiederholte es ein ums andere Mal.
Hannelore hatte sich der Polonaise entzogen. Dagegen war die Dresdnerin mit dem tiefen Ausschnitt offenbar ganz in ihrem Element. Ihr Gesicht war nun so rot wie ihr Kleid, und sie sang lauthals mit.
Gerlinde bedrängte ihren Neffen: »Erzähl! Was ist passiert mit dem Autenrieth?«
»Das wissen wir noch nicht!« Bienzle schob das Bauernbrot in den Mund.
»Ha komm, mir kannscht es doch sage!«
»Sobald ich was weiß, Tante Gerlinde!«
»Und jetzt weißt no nix?«
»Tut mir leid«, antwortete Bienzle mit vollem Mund.
»Ja, was hascht denn dann g'schafft den ganzen Tag?!«, fragte die Tante streng.
Hannelore gesellte sich zu den beiden. »Ja, das möchte ich auch gerne wissen.«
Die Polonaise kam im Entengang vorbei.
Gerlinde setzte sich, sie hatte purpurrote Bäckchen, und ihre kleinen Augen leuchteten. Sie griff nach Bienzles Hand

und zog ihn neben sich auf einen Stuhl. »Du kriegscht des raus. Jetzt wird endlich alles aufgerollt.«
»Was wird aufgerollt?«
»Ha, alle die Morde, die 's hier gegeben hat.«
Hannelore schaute von Gerlinde zu Bienzle und wieder zurück. Dann sagte sie zu Gerlinde: »Was redest du denn da?«
Gerlindes Stimme bekam einen verschwörerischen Ton. »Ich sag euch: Das hängt alles miteinander zusammen!«
»Was, alles?«, wollte Hannelore wissen.
»Die ganzen mysteriösen Todesfälle. Das ist nie mit rechten Dingen zugegangen. In keinem einzigen Fall, sag ich euch!«
Bienzle sagte begütigend: »Ja, ist ja gut, Tante Gerlinde, aber jetzt lass dir bloß deinen Geburtstag net versauen!«
Die Polonaise war unter Beifall und Gejohle zu Ende gegangen. Der Keyboarder hatte inzwischen erfahren, wer der Mann war, der sich so spät dazugesellt hatte, und prompt spielte und sang er: »Bon soir, bon soir, Herr Kommissar, wissen Sie schon, wer es war ...?«
Bienzle schnaufte: »Jetzt brauch ich sofort einen Wein, sonst halt ich das nicht aus!«
Als sie ins Bett gingen, schlug es vom Kirchturm zwölf Uhr. Bienzle war eingeschlafen, bevor sich Hannelore abgeschminkt hatte.

Zweiter Tag – Sonntag

Ganz gegen ihre Gewohnheit hatte Hannelore Bienzle begleitet, als der sich am frühen Sonntagmorgen auf den Weg zum Kloster Beuron gemacht hatte. Kurz nach sieben Uhr war die Sonne durch die Wolken gebrochen und hatte die herbstlichen Wälder in ein sanftes Licht getaucht.

Sie fuhren über Messkirch und Fridingen und schließlich über eine steile Steige ins Donautal hinab. Plötzlich bremste Bienzle. Die Straße war bislang von einem dichten Baumbestand gesäumt worden, aber nun öffnete sich der Blick auf einmal ins junge Donautal. Jenseits des kleinen Flusses, der hier noch am Beginn seiner 2888 Kilometer langen Reise zum Schwarzen Meer war, erschien die weite und machtvolle Anlage des Klosters Beuron. Im Vordergrund die Klosterkirche, von der aus ein lang gezogener Bau nach Norden führte, der wiederum mit einem Querbau verbunden war. Bienzle, der vor Jahren schon einmal dort gewesen war, erinnerte sich, dass hier der Kapitelsaal und das Refektorium untergebracht waren. Die Gebäude gehörten zum so genannten Klausurbereich. Besucher hatten da nichts verloren. Die Menschen, die zur Meditation im Kloster weilten, sollten ungestört ihren Übungen nachgehen können.

Im Hintergrund staffelten sich quer stehende Gebäude, in denen man Seminarräume und den Akademiesaal fand. Abgeschlossen wurde das fein gegliederte Areal von einem

L-förmigen niedrigen Gebäude, in dem die Klosterbetriebe untergebracht waren.

»Das ist ja eine richtige kleine Stadt«, sagte Hannelore.

Bienzle nickte: »Eine schöne Anlage, abgelegen und eingefriedet!«

Das volle Geläut der Kirchenglocken klang zu ihnen herauf. Sechsstimmig riefen sie zur Messe. Eine lange Karawane von Autos fuhr auf die Klosteranlage zu. Schnell füllte sich der große Parkplatz unterhalb der Kirchentreppe. Menschen strömten in das Gotteshaus.

Der Kommissar hatte sein Kommen telefonisch angekündigt. Bruder Franziskus Gilchinger erwartete ihn an der Klosterpforte. Von der Kirche her war der Gesang der Gottesdienstbesucher zu hören.

»Müssten Sie nicht in der Kirche sein?«, fragte Bienzle den alten Pfarrer.

»Gott wird mir vergeben. Ich bin sonst nicht säumig.«

Der Pater sah anders aus, als Bienzle ihn sich vorgestellt hatte. »Komisch eigentlich«, sagte Bienzle später zu Hannelore, »warum denkt man immer, ein alter Mönch oder Pater müsse klein und dick sein, Rotweinbacken und eine Glatze haben und aussehen wie eine französische Camembertreklame?«

Franziskus war mindestens 1,90 Meter groß und hatte einen sehnigen, durchtrainierten Körper, wie ihn der Schöpfer im Sinn gehabt haben musste, bevor er Fett und Alkohol erfand. Die weißen Stoppelhaare des Paters wuchsen dicht. Seine steingrauen Augen schauten die Neuankömmlinge aufmerksam an. Man könne sich in einem der Besprechungsräume unterhalten, sagte der Geistliche, aber Bienzle schlug vor, ein wenig spazieren zu gehen. Hannelore wollte sich solange die Klosterkirche und, wenn es reichte, die Bibliothek ansehen.

»Wir können ein Stück den Weg der Mönche gehen.«

Der Pater und der Kommissar verließen die Klosteranlage und schritten zunächst über die alte, steil überdachte Holzbrücke. Der Pfad, der an der Donau entlang führte, ließ zwischen den hohen herbstbunten Buchen immer wieder einen Blick auf die steil aufragenden Felsen des Donaudurchbruchs zu.

Ja, er habe den verstorbenen Großbauern Paul Autenrieth ganz gut gekannt, sagte der hagere Geistliche. »Aber ich habe ihn nicht gemocht.«

»Und ich dachte, Ihresgleichen müsste alle Menschen lieben.«

»Erfüllen Sie immer alle Vorstellungen, die man mit Ihrem Beruf verbindet?«

»Noi, g'wieß net!« Bienzle lachte. »Warum haben Sie den Autenrieth nicht gemocht?«

»Es gibt so Leute, die unsere Kirche nur für ihre Absolution wollen.«

Bienzle nickte. Er verstand Gilchinger. »Und um den Schein nach außen zu wahren.«

Der alte Pfarrer schüttelte den Kopf. »Nein. Was andere Menschen von ihm dachten, war ihm völlig egal.«

»Also gab es bestimmt Leute, die ihn gehasst haben.«

»Davon können Sie ausgehen.«

»Seine Kinder?«

»Möglich«, sagte der Pater vorsichtig.

»Vor allem der uneheliche Sohn, nicht wahr?«

»Ach, das wissen Sie schon?«

»Und die Kinder, die er anerkannt hat?«
»Anerkannt?« Gilchinger lachte bitter auf. »Autenrieth war ein Leistungsfanatiker. Für Ariane und Alexander hatte er nur Hohn und Spott, aber niemals auch nur einen Cent übrig. Alex arbeitet als Krankenpfleger in einer Klinik in Tübingen. Ariane war zweimal unglücklich verheiratet, jetzt lebt sie mit einem siebzigjährigen Mann zusammen.« Der Pater verzog das Gesicht. Es war ihm deutlich anzusehen, wie sehr ihm die Vorstellung dieser Verbindung zuwider war.
»Wohnt sie noch im Ort?«
»In Gomadingen. Der Mann war früher mal Bauunternehmer und ist wahrscheinlich nicht viel besser, als Arianes Vater war. Nur jetzt kränkelt er, zeigt Schwächen, und die nützt sie gnadenlos aus. Manchmal denke ich, sie zahlt ihm alles heim, was ihr Vater ihr angetan hat.«
»Ja, so was soll's geben.«
Nach einer halben Stunde erreichten sie die Mauruskapelle, und Gilchinger erklärte, es handle sich um ein bedeutendes Dokument der Beuroner Kunstschule.
»Sieht aus wie neu«, sagte Bienzle.
»Die Kapelle wurde vor kurzem renoviert, früher einmal war hier der Sommersitz der Fürstin Katharina von Hohenzollern. Man achtet deshalb auch heute noch darauf, dass nichts verkommt.«
»Klingt a bissle ironisch«, meinte Bienzle.
»Ich hab's nie so mit den Mächtigen und Einflussreichen gehabt. Dafür war ich zu lange in den Elendsgebieten süd- und mittelamerikanischer Städte.«
»Interessant«, sagte Bienzle mehr aus Höflichkeit und sah seinen hageren Begleiter von der Seite an.
»Keine Angst, ich werde nicht weiter drüber reden.«

Franziskus Gilchinger zeigte auf eine Bank, die der Kapelle gegenüber stand. »Setzen wir uns einen Moment. – Schauen Sie sich um. Wir haben hier zwischen Felsengipfeln und Talgrund ein lupenreines Naturschutzgebiet, einen Artenreichtum an Tieren und Pflanzen, wie Sie ihn sonst kaum mehr finden.«

»Ich werde mich wohl kaum damit beschäftigen können«, sagte Bienzle. »Was glauben Sie? Wer hat Paul Autenrieth umgebracht?«

»Warum fragen Sie das mich?«

»Sie waren am Ende Ihrer Laufbahn Pfarrer in Felsenbronn.«

»Ja, und?«

»Vermutlich kennt niemand die Menschen dort besser.«

Der Pater nickte und war mit einem Mal sehr ernst. Seine grauen Augen waren viel dunkler geworden, fast schwarz. Er neigte seinen Kopf nach vorn und starrte auf den feinen Kies vor der Bank.

Plötzlich schoss Bienzle ein Gedanke durch den Kopf, aber er wagte ihn nicht auszusprechen. Wie immer in solchen Fällen wählte er einen Umweg.

»Es hat früher schon ungeklärte Todesfälle in Felsenbronn gegeben, bei denen man Morde vermutet hat.«

»Ja«, sagte der Pater.

»Ich bin ja nicht katholisch ...«

Der Kopf des Paters fuhr ruckartig in die Höhe. »Ja, ja, ja – ich weiß, worauf Sie hinauswollen.«

»Ich weiß es ja selbst noch nicht.«

Der Ton des Geistlichen wurde schneidend. »Bitte nehmen Sie eins zur Kenntnis, Herr Bienzle: Das Beichtgeheimnis ist heilig!«

»Ja, ich hab so was gehört.«
Franziskus stand auf. »Gehen wir zurück!«
Ich hab einen wunden Punkt getroffen, dachte Bienzle. Sie gingen eine Zeit lang schweigend nebeneinander her. Bienzle gehörte nicht zu jenen Menschen, die unruhig werden, wenn länger nichts geredet wird.
»Tut mir leid, dass ich so heftig geworden bin«, sagte Gilchinger nach einer Weile.
»Hm«, machte Bienzle.
»Sie scheinen ein geduldiger Mensch zu sein«, meinte der Pater.
»Wie man's nimmt. Aber es bringt ja nix …« Bienzle ließ offen, was nichts bringen würde. Er blieb stehen, verschränkte die Hände hinter dem Rücken, legte den Kopf in den Nacken und sah an den schroffen grauen Felsen hinauf. »Was er wohl gedacht hat, als er von der Höhe in die Tiefe gestürzt ist? Vorausgesetzt, er war da noch bei Bewusstsein.«
Der Geistliche sagte nichts dazu.
»Sieben Morde in sieben Jahren«, sagte Bienzle. »Ich muss mir die alle genauer ansehen.«
»Warum?«
»Könnte sein, dass wir in allen Fällen denselben Täter haben.«
Franziskus sah Bienzle aus seinen steingrauen Augen an und sagte: »Ja, das wird man nicht ausschließen dürfen.«
»Danke«, sagte Bienzle und verkniff sich den Satz: »Sie haben mir sehr geholfen.«
Als sich der Pater von Bienzle verabschiedete, sagte er: »Eines der Opfer, wie Sie es nennen, war übrigens Sven Heckmann.«

»Der Name sagt mir nichts.«
»Der zweite Mann von Ariane Autenrieth.«

Auf der Rückfahrt saß Hannelore am Steuer. Sie erklärte Bienzle, dass sie noch heute nach Stuttgart zurückfahren werde. Bienzle nickte. Er verstand sie. Und wenn er ehrlich war, musste er sich eingestehen, dass es ihm so auch lieber war. »Setz mich am Hof der Autenrieths ab, ich lass mir von den Kollegen hier einen Dienstwagen geben.«
»Wirst du denn Gächter nicht kommen lassen?«
»Ich glaub, das hier mache ich besser allein.«
Bienzle gab Hannelore einen flüchtigen Kuss und stieg vor der backsteinernen Hofmauer aus. Auf dem kiesbestreuten Platz parkten mehrere Polizeifahrzeuge. Das Tor stand offen. Astor saß neben dem linken Pfeiler, als ob er auf jemanden wartete.
Der Kommissar beugte sich zu dem Hund hinunter und sagte: »Wenn du auf deinen Herrn wartest, der kommt nimmer.« Dann wiederholte er: »Nie mehr!«
Hinter sich hörte er das Auto davonfahren. Er drehte sich nicht um.
Astor trottete neben ihm her, als Bienzle auf das stattliche Bauernhaus, das eigentlich ein Herrenhaus war, zu ging. Der Kommissar unterhielt sich weiter mit dem Tier. »Hast du deinen Herrn eigentlich nicht schützen können? Du bist doch sicher dabei gewesen. Du musst den Mörder gekannt haben, sonst hättest du deinen Herrn doch verteidigt, oder?«
Bienzle stellte sich die Szene vor und sprach leise weiter zu dem Hund: »Der Großbauer geht ganz ruhig den schmalen Weg entlang. Du bist dicht bei ihm. Plötzlich tritt da

jemand zwischen zwei Büschen hervor und sagt: ›Guten Abend, Herr Autenrieth‹ oder ›Guten Abend, Paul‹ oder auch ›Guten Abend, Vater‹. Und dann stößt er ihn. Viel geredet werden sie nicht mehr haben. Ich glaube, der Täter hätte keine Chance gehabt, wenn er den Autenrieth mit seiner Attacke nicht überrascht hätte. Stimmt's? Hab ich Recht?« Der Hund sah zu ihm auf, als ob er das alles mit großem Interesse hören würde.

Bienzle seufzte: »Wenn du doch reden könntest! – Und dann ist er gestürzt. Hat er geschrien? So wie ich ihn einschätze, eher nicht. Und du? Du wolltest ihm nach. Bist ja ein treues Tier, und zu dir war er auch sicher gut! Aber da war die Felskante und dahinter der tiefe, gähnende Abgrund.« Bienzle blieb stehen und kraulte den Hund hinter den Ohren. »Mach dir keine Vorwürfe«, sagte er. »Du hast da nix mache könne!«

Vor dem Haus parkten ein VW Golf und ein Mercedes. Die Haustür stand offen. Um die Hausecke kam ein Mann um die vierzig. Er war offenbar im Garten gewesen. Im Arm hielt er einen Strauß blassblauer Herbstastern. Er starrte Bienzle mit einem seltsam leeren Blick an. Der Kommissar war sich nicht sicher, ob ihn der Mann überhaupt sah.

»Grüß Gott«, sagte Bienzle. »Herr Autenrieth?«

»Ja?«

»Alexander Autenrieth?«

»Ja.«

»Bienzle. Ich untersuche den Mord an Ihrem Vater.«

»Mord?«

»Ja! Wir sind überzeugt davon.«

Alexander Autenrieth legte seine Blumen auf eine Bank links vor der Haustür. Astor näherte sich dem Sohn des

Hauses, aber Alexander wich einen Schritt zurück und sagte: »Weg! Geh weg, du Köter!«
»Aber er ist ein ausgesprochen netter Hund.«
»Ja, ja. Natürlich«, sagte der junge Autenrieth.
Bienzle musterte ihn. Das Leben hatte diesen Mann wohl kaum etwas gelehrt als passive Hinnahme. Sein Blick schien zwei Handbreit vor den Augen zu enden, als ob er sich weigerte, neue Eindrücke aufzunehmen.
»Wo waren Sie gestern Abend?«, fragte Bienzle.
»Warum?«
»Bitte, antworten Sie mir. Sie wissen, dass Leute wie ich solche Fragen stellen müssen, nehme ich an.«
»Ich war zu Hause.«
»In Tübingen?«
»Woher wissen Sie …« Alexander Autenrieth unterbrach sich.
»Kann das jemand bestätigen?«, fragte Bienzle.
»Weiß nicht. Ich war allein. Ich habe nicht viele … äh … Kontakte. Außer bei der Arbeit.«
Unter der Haustür erschien eine Frau, die Bienzle auf Mitte dreißig schätzte. Sie trug einen schwarzen Hosenanzug, dazu eine schwarze Seidenbluse, deren Kragen sich in unzähligen Rüschen über die Revers der Jacke plusterte. Ihr Gesicht war sonnen- beziehungsweise sonnenstudiogebräunt. Die schwarzen Haare waren straff nach hinten gekämmt und in einem Knoten zusammengefasst, was ihre Stirnhaut so erscheinen ließ, als habe man sie mit Gewalt gestrafft. Die Augen waren schmal. Ihre Farbe konnte Bienzle nicht erkennen. Dann fiel ihm noch der dünne herrische Mund auf.
»Wer sind Sie? Was wollen Sie?«, fragte die Frau.

»Kriminalhauptkommissar Bienzle, was wohl Ihre beiden Fragen beantwortet«, sagte Bienzle. »Und Sie müssen die Tochter Ariane sein. Tut mir leid, Ihren Nachnamen weiß ich noch nicht.«
»Autenrieth«, sagte sie. »Ich habe meinen Mädchennamen wieder angenommen. Der Hund scheint Sie zu mögen.«
»Ja, ich hab früher mal selbst einen gehabt. – Grade habe ich Ihren Bruder gefragt, ob jemand bestätigen kann, wo er gestern Abend war. Wie ist das bei Ihnen?«
»Verdächtigen Sie mich?«
Bienzle winkte begütigend ab. »Alles Routine.«
»Ich war zu Hause.«
»Bei Ihrem Mann, oder muss ich Lebensgefährten sagen?«
»Der war bei den Rotariern. Irgendein Vortrag. Ich habe ferngesehen.«
»Was?«
»Wie bitte?«
»Was für eine Sendung?«
»Mein Gott, das weiß ich doch nicht mehr. Ich hab so rumgezappt.«
»Können Sie sich an irgendetwas erinnern, was Sie gesehen haben?«
»Die Tagesschau.«
»Und dann?«
»Können Sie sich da am nächsten Tag noch erinnern?«
»Manchmal schon! – Gehen wir rauf zu Ihrer Mutter.«
»Tut mir leid«, sagte Ariane Autenrieth. »Ich muss weg. Unter uns haben wir alles besprochen. Ich mach das mit dem Sarg und mit dem Beerdigungsunternehmer«, sagte sie zu ihrem Bruder. »Du übernimmst die Anzeige in der Zeitung und die Trauerkarten. Mama spricht mit dem Pfarrer we-

gen der Predigt am Grab. Ja, das war 's dann wohl. Wiederschaun, Herr Bienzle.«
Ariane Autenrieth stieg in ihren Mercedes und fuhr davon. Ihr Bruder winkte ihr ein wenig linkisch nach, aber darauf achtete sie sowieso nicht.
»Verstehen Sie sich gut mit ihr?«, fragte Bienzle.
»Ja. Ja sicher«, sagte Alexander und raffte die Astern wieder zusammen.
Gemeinsam stiegen sie die Treppe hinauf.
Rose Autenrieth saß in einem Lehnstuhl, der ans Fenster gerückt war, und sah auf die sanft geschwungenen Wiesen der Albhochfläche hinaus, auf denen in großen Abständen und in einer völlig willkürlichen Formation Wacholderbüsche hockten.
»Frau Autenrieth?« Bienzle blieb in der Tür stehen. »Ich soll Sie von Pater Gilchinger grüßen.«
»Ihre Leute haben den ganzen Tag in unserem Haus herumgeschnüffelt.«
»Ach ja, die Kollegen von der Spurensicherung.«
»Mein Mann hätte das nie erlaubt.«
»Wenn Ihr Mann noch am Leben wäre, wär 's ja vermutlich auch nicht nötig gewesen.« Bienzle trat dicht neben den Lehnstuhl.
Alexander Autenrieth kam herein. Er hatte die Herbstastern in eine Vase gesteckt. Nun stellte er die Blumen auf den Tisch. »Soll ich uns etwas zu essen machen, Mutter?«, fragte er.
»Erst wenn die Leut ausem Haus sind!«
Langlott kam herein. Er hielt einen Notizblock in der Hand. »Ich war bei der Bank«, sagte er.
Bienzle sah ihn fragend an.

»Herr Autenrieth hat vorgestern, also am Freitag, 30 000 Euro abgehoben. Von dem Geld: keine Spur!«
»Ich werde also zahlen«, zitierte Bienzle Autenrieths Kalendereintragung. »Aber warum hat er doppelt bezahlt? Mit Geld und mit dem Leben.«
Niemand im Raum antwortete.
Bienzle trat vor das große Westfenster und öffnete beide Flügel. Er sog die Luft ein. »Wir müssen diese Todesfälle nochmal aufrollen. Ich bin sicher, die haben alle etwas miteinander zu tun!«
»Mein Gott, muss das sein?«, schnaufte der örtliche Polizeichef.
»Ich fürchte, ja!« Bienzle zog einen Stuhl unter dem Tisch hervor, stellte ihn neben den Lehnsessel, auf dem Frau Autenrieth noch immer unbeweglich saß, und setzte sich rittlings darauf. »Wir müssen reden«, sagte Bienzle.
Frau Autenrieth hielt den Blick weiter auf die Wacholderheide gerichtet. »Man träumt manchmal, dass man auch noch amal a paar schöne Jahr als Witwe hat, aber wenn es dann so weit ist, fehlt er einem doch.«
»Ja, das kann ich mir gut vorstellen.« Bienzle versuchte, mit seinen Augen ihren Blick aufzufangen, aber es gelang ihm nicht.
»Ich koch jetzt was«, hörte er Alexander sagen.
»Kann er das denn?«, fragte Bienzle die Bäuerin.
»Sonntags, nach der Kirche, wollt ich immer, dass die Ariane mir in der Küche hilft, damit sie das Kochen lernt. Aber sie hat sich ja immer verweigert. Doch der Alex war richtig begierig darauf.« Ein Lächeln flog über ihr Gesicht. »Er hat mir überhaupt immer geholfen. Auch beim Putzen. Seinen Vater hat das rasend gemacht. ›Gib ihm doch glei Puppe

zum Spiele!‹, hat er mich angeschrien. Aber wir haben uns nicht drausbringen lassen, gell, Alex?«
Ihr Sohn antwortete nicht. Er hatte den Raum schon verlassen. Rose Autenrieth war mit Bienzle allein.

Viel war bei dem Gespräch freilich nicht herausgekommen. Für Bienzle vervollständigte sich lediglich das Bild von Paul Autenrieth, der auf nichts und niemanden Rücksicht nahm, wenn er einen Vorteil für sich sah.

Kurt Langlott war weggefahren. Bienzle hatte versäumt, den Kollegen um einen Wagen zu bitten. Bis ins Dorf waren es vier Kilometer – keine Entfernung für einen Mann, der ohnehin vorgehabt hatte, auf der Alb zu wandern.

Es wurde schon langsam Abend, als sich der Kommissar auf den Weg machte. Astor begleitete ihn. Bienzle konnte sich nicht erklären, warum, aber er dachte nicht daran, den Hund zurückzuscheuchen. Eigentlich war er froh, dass er nicht allein war.
Gemeinsam betraten Bienzle und der Hund eine Stunde später die Gaststube im Adler. Der Raum war fast leer. Die Tür zur Küche stand offen. Dort werkelte eine alte Frau, die Bienzle bekannt vorkam. Sie wusch offenbar das Geschirr ab. Die Wirtin, eine dralle Rothaarige Anfang fünfzig, verließ ihren Platz hinter dem Tresen und schloss beiläufig die Tür zur Küche.
Der Kommissar hatte auf einer Bank hinter einem schweren massiven Holztisch Platz genommen. Der Hund legte sich auf seine Füße, wobei er ausschnaufte, als ob er lange die Luft angehalten hätte. Bienzle spürte die Wärme von

Astors Körper, und sie tat ihm gut. Für ihn bin ich jetzt so etwas wie Paul Autenrieth vor seinem Tod, dachte der Kommissar. So ein Tier macht da keinen Unterschied.
»Wollen Sie was essen?«, fragte die Wirtin.
Bienzle nickte. »Bringen Sie, was weg muss, und dann sagen Sie mir: Wer ist die Frau in der Küche?«
»Warum fragen Sie?«
»Ich glaub, die hab ich gestern in der Kirche gesehen. Dort war es allerdings ziemlich dunkel.«
»Bestimmt. Da ist sie immer, wenn sie net schlaft oder schafft. Was zum Trinken?«
»Einen Lemberger, wenn Sie haben.«
»Untertürkheimer?«
»Gern!«
»Und einen Zwiebelrostbraten mit Sauerkraut dazu?«
»Bevor ich mich schlage lass.«
Das Viertele kam schnell, und Bienzle war froh, dass er es ungestört trinken konnte. Aber das blieb nicht lange so. Langlott kam herein. Unter dem Arm trug er zwei Aktenordner. Er wuchtete sie auf den Tisch, direkt neben das Henkelglas mit dem Lemberger. »Die vorausgegangenen Fälle!«, sagte er.
»Und Sie meinen, ich les das alles?«
»Ja habet Sie net g'sagt …?«
Bienzle seufzte. »Ich kann ja amal neigucke. Darf ich Sie zu einem Glas Wein einladen?«
»Ja, aber gern doch! – Wenn ich Ihne was empfehle darf: Der Rostbraten mit Sauerkraut ist hier erstklassig.«
»Scho bestellt!«, sagte Bienzle. »Möget Sie auch einen?«
»Ja, wenn Sie mich schon so fragen.«
Bienzle zog seine Füße vorsichtig unter Astors Körper

hervor, was der mit einem leisen Knurren quittierte, und ging zur Küche. Er stieß die Tür auf. Am Herd stand die rothaarige Wirtin und warf grade ein Stück Fleisch in das aufzischende Fett. Die alte Frau räumte Geschirr in einen Schrank.

»Noch einen Rostbraten und noch einen Wein, bitte«, sagte Bienzle. »Ich hab einen Kollegen zu Gast.« Dann wandte er sich an die Frau beim Geschirrschrank: »Ich hab heut Ihren Lieblingspfarrer besucht. In Beuron!«

Die Frau sah auf. »Wenn ich des g'wusst hätt …«

»Ja?«

»Dann hätt ich Sie gebeten, mich mitzunehmen.«

»Alte Liebe rostet nicht«, rief die Rothaarige vom Herd herüber.

»Ach, sei doch du still«, fauchte die Alte. »Was weißt denn du?!«

»Mir hat er gefallen«, sagte Bienzle. »Ein wirklich imponierender Mann. Und ich sag das, obwohl ich evangelisch bin.«

Die alte Frau band ihre Schürze ab und hängte sie an einen Nagel hinter der Tür zur Gaststube. »Sie wohnen auch hier, gell?«

»Ja, meine Tante hat gestern hier ihren Geburtstag gefeiert!«

»Die Gerlinde Bienzle?«

»Genau die!« Bienzle, der noch immer unter der Tür stand, lächelte.

»Ja, dann bist du …, dann sind Sie doch der kleine Ernst … Entschuldigung, natürlich jetzt nimmer der kleine …, aber der Ernst, oder?«

Bienzle nickte.

»Damals, wie du …, wie Sie hier immer in den Ferien waret, da sind Sie auch manchmal bei mir draußen gewesen, im Holderbusch.«
»Im Holderbusch …« Eine ferne Erinnerung schlich sich in Bienzles Hirn wie etwas, das man durch einen dichten Schleier weit weg sieht und noch nicht genau erkennen kann. »Ich erinnere mich jetzt net so genau …«, sagte er.
»Es ist ja auch lang her. Erst in meinem Alter fängt man an, sich an die längst vergangenen Dinge zu erinnern.«
»Dann sind Sie die Luise Hertter.«
»Schon seit siebenundachtzig Jahren! Aber ich fühl mich no lang net so alt, wie i ben!«
»Das geht mir genau so, und wahrscheinlich geht es allen Menschen so. Wir sollten uns amal a bissle unterhalten.«
»Ja gern, aber über was?«
»Über das, was in den letzten Jahren hier so passiert ist.«
»Sie kennen ja vielleicht noch den Weg in den Holderbusch!«
»Und wenn sie da nicht ist«, warf die Rothaarige ein, »sitzt sie in dr Kirch! Zweitletzte Bank links, ganz außen.«

Bienzle und Langlott hatten ihren Rostbraten genossen, er war wirklich einmalig, innen zart und außen gut gebräunt. Die Zwiebeln waren frisch geröstet und kamen nicht vorgefertigt aus irgendeinem Plastikgefäß. Und das Sauerkraut hatte einen langen Reifeprozess auf einem Herd mit milder Hitze hinter sich. Zu einem richtigen Gespräch kam es nicht. Bienzle hatte es sich schon lange angewöhnt, nicht um jeden Preis zu reden, wenn er mit jemandem zusammen aß. Er konnte ein Gegenüber ohne Probleme lange anschweigen. Langlott wurde es sichtlich ungemütlich, zumal ihm auch nichts einfiel, womit er das Gespräch hätte in Gang bringen können. Und so verabschiedete er sich rasch, als er sein Essen verzehrt und sein Viertel Wein ausgetrunken hatte.

Bienzle hatte noch zwei Viertel Lemberger getrunken, war auf sein Zimmer gegangen, hatte Hannelore angerufen und war ein wenig betroffen gewesen über ihren sachlichen und bemüht freundlichen Ton. Wie immer suchte er die Schuld bei sich, wenn er meinte, eine Verstimmung bei ihr festzustellen, auch wenn er sich schuldlos fühlte.

Jetzt saß er im Schlafanzug auf einem unbequemen Stuhl vor seinem Bett und blätterte in den beiden Aktenordnern. Aber er spürte einen mächtigen Widerwillen dagegen, sich in den Text zu vertiefen. Sechs unnatürliche Todesfälle in sechs Jahren. Und nach einem weiteren Jahr nun der siebte. Er hätte sich selbst verfluchen können, dass er versuchen wollte, dahinter ein Gesetz der Serie zu erkennen. Es konnte doch alles auch Zufall sein. Bienzle schlug den Aktendeckel zu, warf die Ordner auf den kleinen Tisch unterm Fenster und verkroch sich unter der Bettdecke. Wenn er jetzt, hier im Bett, zu dem Ergebnis kam, dass Paul Autenrieth einen Fehltritt getan hatte und deshalb am Donaufels zweihundert Meter in die Tiefe gestürzt war, wäre alles erledigt gewesen. Er hätte spätestens in zwei bis drei Tagen nach Hause fahren können. Er hätte Hannelore mit einem guten Gespräch und einem ausgesuchten Essen in einem wunderbaren Stuttgarter Lokal damit versöhnen können, dass er sie überredet hatte, mit ihm nach Felsenbronn zu fahren. Es fiel ihm niemand ein, der es nicht gut gefunden hätte, den Fall Autenrieth einfach als Unfall zu den Akten zu legen. Niemand – außer ihm selbst!

Bienzle zog die Decke bis zum Kinn hinauf und ertappte sich bei dem Gedanken, dass er den Hund gerne auf seinen Füßen gehabt hätte. Aber dem hatte er kurz nach zehn Uhr vor dem Gasthof erklärt, dass er nun nach Hause müsse. Und Astor hatte sich folgsam getrollt, freilich nicht, ohne Bienzle einen so vorwurfsvollen Blick zuzuwerfen, dass der Kommissar nun mit einem verdammt schlechten Gewissen einschlief.

Dritter Tag – Montag

Im Holderbusch. Bienzle hatte nur eine schwache Erinnerung, wo das gewesen war. Das Dorf hatte sich auch verändert. An den Hängen waren neue Wohnsiedlungen entstanden. An ruhigen Straßen und in abgezirkelten rechteckigen Gärten standen ein- und zweigeschossige Häuser, die sich alle ähnlich sahen. In solchen Dörfern gab es meist einen Bauunternehmer mit einem angestellten Architekten. Sie bauten die Häuser nach dem gleichen Schema, und die Auftraggeber waren es zufrieden. Nur das eine oder andere Fertighaus wich ein wenig von der Norm ab, trug aber nicht zur Verschönerung des Viertels bei.

Zur Sicherheit fragte Bienzle einen Schüler, der zur Bushaltestelle trottete, wo es zum Holderbusch gehe. »Da hinunter. Immer am Bach entlang«, bekam er zur Antwort.

Der Bach schlängelte sich durch ein schmales Wiesental. Erlen und Weiden säumten die Ufer. Manchmal konnte man den Bach nur hören, aber hinter dem Gebüsch nicht entdecken. Ein Graureiher flog auf, landete auf einem Baum und sah auf Bienzle herab. Der Wiesenweg war weich. Der Boden gab bei jedem Schritt ein wenig nach. Am Himmel bildeten sich lang gezogene Wolken mit vielen gleichmäßigen Ausbuchtungen. Die Kirchturmuhr schlug erst viermal und dann siebenmal.

Bienzle hatte schon seit halb sechs Uhr wach gelegen. Er ging davon aus, dass auch Luise Hertter nicht länger schlief.

Tatsächlich hörte er sie schon, bevor er ihr Häuschen sah. »Put, put, put, put«, rief sie ihre Hühner. Bienzle durchschritt die letzte Kurve des Wegs. Vor ihm lag das Grundstück der alten Frau Hertter. Der Jägerzaun war überwuchert von Wacholder- und Schlehenbüschen und allem möglichen anderen Strauchwerk, das in einem undurchdringlichen Gestrüpp durcheinander wucherte. Dazwischen ragten schlanke Birken hervor und eine kräftige Eberesche. Das Blattwerk war bunt, und die roten Beeren leuchteten jetzt, da gerade die Sonne durch die Wolken hervorbrach, hell dazwischen. Das Haus, in dem Luise Hertter wohnte, war hinter dem ganzen Wildwuchs nicht zu sehen.

Bienzle stieß das niedrige Gartentor auf und schob die Zweige eines Geißblattstrauchs mit den Unterarmen zur Seite, um hindurchschreiten zu können. Luise Hertter stand inmitten ihrer Hühner und streute Körner aus.

»Guten Morgen!«, grüßte der Kommissar. »Jetzt, wo ich hier bin, erinnere ich mich wieder genau! Immer wenn ich Sie besucht hab, gab's Spiegeleier mit Bratkartoffeln.«

Frau Hertter nickte mehrmals. Sie sah dabei ein wenig aus wie ihre eifrig pickenden Hühner. »Alles aus eigener Produktion«, sagte sie, und um ihre Augen bildete sich ein Strahlenkranz aus Lachfältchen. »Kaufe hab i ja nie was könne!«

Sie wischte ihre Hände an ihrer Schürze ab und reichte dem Kommissar ihre Rechte. »Soll ich a paar Ochseauge mache?«

»Nein, danke! Ich hab im Adler gefrühstückt.«

»Komm rein!« Luise Hertter nahm einen Reisigbesen und fegte den Fußabtreter vor der niedrigen Tür frei. Bienzle schurrte ein paar Mal nachlässig mit den Schuhsohlen hin und her und betrat das Holzhäuschen, das er viel größer in Erinnerung hatte.

Der Raum, der Frau Hertter als Küche und Wohnraum diente, lag gleich hinter dem Windfang. An der schmalen Seite rechts stand ein Holzherd mit den sieben Ringen über jeder Feueröffnung und dem Wasserschiff. An der Seite, die der Tür gegenüber lag, lief eine lange Holzbank entlang, über deren Lehne zwei Fenster auf den hinteren Garten hinaus gingen, wo die alte Frau ihr Gemüse zog. Vor der Bank stand ein einfacher Holztisch, dessen blank gescheuerte Platte in einem hellen Weiß schimmerte. Links und rechts an den Schmalseiten befanden sich zwei einfache Hocker. An der linken Stirnseite des Raums stand ein altes Küchenbüfett. Und in der Ecke neben der Eingangstür wippte leise ein Schaukelstuhl hin und her, der offenbar vom Windzug angeschoben worden war, als die beiden hereingekommen waren.

»Setz dich. Ich kann doch ›du‹ sagen?«

»Ja, sicher!« Bienzle nahm auf einem der Hocker Platz.

»Kaffee?«

»Gern! Mit wenig Milch und ohne Zucker.«

Luise Hertter stellte einen großen Kaffeetopf vor Bienzle auf den Tisch und setzte sich auf den anderen Hocker. »Du bleibst also wegen dem Autenrieth hier?«

Bienzle nickte und nippte an der Kaffeetasse.

»Dem weint hier niemand eine Träne nach«, sagte Luise Hertter.

»Ja, ich hab schon so was g'hört. Aber wenn es ein Mord war, müssen wir ihn trotzdem untersuchen.«
»Ja, freilich.«
»Ich hab denkt, Sie könnten mir a bissle was über die Verhältnisse auf dem Autenrieth-Hof erzählen.«
»Verhältnisse!« Die Alte spuckte das Wort geradezu aus.
»Mich interessiert vor allem der uneheliche Sohn.«
»Der Karl Meiler. Seine Mutter, die Bernadette, ist am Kummer gestorben. Ich hab mich a bissle um den Buben gekümmert, bis er dann nach Urspring ins Internat gekommen ist.«
»Hat der Autenrieth das bezahlt?«
»Das Gericht hat ihn dazu gezwungen. Der Bub hat dann ein sehr gutes Abitur gemacht.«
»Da hätt der Autenrieth doch stolz sein können.«
»Vielleicht war er's ja auch. Gezeigt hat er's nicht.«
»Und dann?«
»Der Karl hat in Freiburg studiert und ist dann schon bald nach Amerika. Aber wenn er hierher gekommen ist, hat er mich immer besucht. Er hat nie vergessen, dass ich mich damals um ihn gekümmert hab!« Stolz schwang in ihrer Stimme mit.
»Und wo ist er jetzt?«
»Du meinst, jetzt grad – also heut?«
Bienzle horchte auf, sah die alte Frau an und nickte.
»Keine Ahnung. Er ist doch ausgewandert. Hab ich das net g'sagt?« Sie trat vor einen Spiegel, der neben der Tür hing, löste das nachlässig hochgesteckte Haar und begann es zu bürsten. Es war schlohweiß und reichte ihr bis zu den Hüften hinab.
Bienzle sagte: »Es hat in den letzten Jahren immer wieder

ungeklärte Todesfälle hier gegeben. Deshalb nennt man Felsenbronn ja auch Mörderdorf.«

»Ja, ja«, sagte Frau Hertter, als langweile sie das Thema.

»Hat man denn bei den anderen Opfern auch sagen können: ›Dem weint keiner eine Träne nach‹?«

»Da hab ich mich nicht so drum gekümmert.«

»Ich suche halt nach einer gedanklichen Verbindung.«

»Und was soll des sein?«

»Das Motiv des Täters«, sagte Bienzle.

»Der Täter«, verbesserte Frau Hertter, »Mehrzahl!«

Bienzle nickte und wiederholte: »Der Täter ... obwohl ...« Er ließ den Satz in der Luft hängen.

»Obwohl was?« Frau Hertters Stimme klang plötzlich scharf.

»Obwohl es durchaus auch immer derselbe gewesen sein könnte.«

»Ha, jetzt komm!«

»Ja, Sie haben Recht, das ist wahrscheinlich ein hirnrissiger Gedanke.«

»Wenn ich dich schon duze, könntescht du doch au du zu mir sage!«

»Ich war damals noch ein Kind.«

»Da hascht mich aber auch net gesiezt. Weißt nimmer, wie du immer zu mir g'sagt hast?«

»Holderliesel!«

»Ja, genau. Ich glaub, du warst der Einzige. Aber es war ja auch deine Erfindung.« Sie zog ihre langen Haare jetzt über die rechte Schulter und begann sie mit flinken Händen zu einem Zopf zu flechten.

»Der erste Fall«, sagte Bienzle langsam, »das war 1998, vor sechs Jahren. Der Mann hieß Ottfried Köhnlein.«

Luise Hertter wand den Zopf um Nacken und Stirn und steckte ihn mit Haarnadeln fest. »Sein Auto ist damals in die Wolfachschlucht gestürzt und ausgebrannt.«
»Und keiner hat ihm eine Träne nachgeweint, gell?«
Frau Hertter warf noch einen prüfenden Blick in den Spiegel und drehte sich dann zu Bienzle um. »Er hat der Sylvia Zimmermann die Ehe versprochen gehabt. Aber wie sie von ihm schwanger worden ist, hat er sie falle lasse wie eine ausgepresste Zitrone! Und nicht nur das! Er hat sie als Hure verschrien. Fünf Freund' von ihm habet vor Gericht ausgesagt, sie seien auch ...« Frau Hertter redete nicht weiter.
»Sie hätten auch mit ihr geschlafen?«, fragte Bienzle.
»Wenn sie's wenigstens so vornehm ausgedrückt hätten!«
»Es hat also nicht gestimmt.«
»Natürlich nicht. Lauter Meineide!« Frau Hertter wiederholte wütend: »Lauter Meineide!«
»In der Akte hab ich gelesen, Köhnlein habe der jungen Frau eine anständige Summe vermacht.«
»70 000 Mark damals.«
»Und trotzdem hat er sterben müssen«, sagte Bienzle.
»Das muss ja nicht unbedingt was mitanander zu tun g'habt habe!«
»Könnte aber.«
Luise Hertter schenkte sich einen Kaffee ein, gab Milch dazu und sagte: »Jedenfalls hat die Polizei damals net lang ermittelt.«
Bienzle nickte. »Ein Unfall unter Alkoholeinfluss. Er muss im Adler ziemlich gesoffen haben an dem fraglichen Abend.«
»Des war bei dem nix B'sonders! Wenn der amal abends nüchtern gwese wär, *des* wär was B'sonders g'wese!«

Bienzle erhob sich von seinem Hocker.
»Du wirst doch net scho gehe wolle«, sagte die alte Frau.
»Ich bin ja nicht zu meinem Vergnügen hier«, gab Bienzle zurück. Aber an der Tür blieb er dann noch einmal stehen.
»Was weißt du über die anderen Fälle, Holderliesel?«
»Nix«, lautete die lakonische Antwort der alten Frau.
»Du verlangst aber nicht von mir, dass ich dir das glaub«, sagte der Kommissar.
»Was willscht du überhaupt, Ernst? Willscht jetzt ausg'rechnet du das Kamel sein, das das Gras abfrisst, des längst über alles g'wachse ischt?«
»Der Autenrieth ist grad amal zwei Tag tot!« Bienzle öffnete die niedrige Tür. »Wenn ich darf, komm ich wieder amal vorbei.«
»Gern! Aber jetzt gucke m'r amal, wie lang du überhaupt da bist, in Felsenbronn!«
Zurück ins Dorf nahm Bienzle einen anderen Weg. Ganz in der Nähe von Luise Hertters Häusle führte ein gewundener steiniger Pfad bergauf bis zum Rücken eines schmalen Höhenzugs, der die eine Seite des tief eingeschnittenen Bachtales begrenzte. Hatte man ihn überschritten, senkte sich das Gelände nur wenige Meter und stieg dann zu dem kugelrunden Berg an, den man in Felsenbronn »Backofen« nannte. Auf dessen rundem Kopf stand ein Mammutbaum, der alles um sich herum weit überragte. Bienzle erinnerte sich, wie er schon als Kind staunend vor diesem Baumriesen gestanden hatte. Einmal war er dabei gewesen, als neun Männer einen Kreis dicht um den Stamm gebildet hatten. Sie hielten sich mit ausgestreckten Armen an den Händen fest. Es reichte gerade so, unter größter Anspannung. Heute würde man vielleicht schon einen zehnten Mann brauchen,

obwohl die dicke, schorfige, weiche Rinde von neugierigen Spaziergängern zum Teil bis aufs Holz abgekratzt worden war. Ein Schild, das genau diese Barbarei verbot, schien nichts zu bewirken.

Um den Mammutbaum herum war ein großes freies Rondell entstanden. Ohne erkennbare Ordnung standen da Tische und Bänke, die aus grob behauenem Baumholz gefertigt worden waren. Bienzle setzte sich auf eine Bank und lehnte sich gegen die Kante des Tisches. Er legte seinen Kopf in den Nacken und sah an dem Baum hinauf. Neben der buschigen Spitze hing ein bleicher Tagmondschemen am Himmel. Bienzle sah auf die Uhr. Es war kurz nach neun. In Stuttgart wäre er um diese Zeit noch keine fünf Minuten in seinem Büro gewesen.

Als er aufstand, wusste er nicht, ob er Minuten oder Stunden hier gesessen hatte. Er schenkte es sich, auf seine Uhr zu schauen. Ein mit Kies bestreuter Weg führte in weit ausschwingenden Kurven gemächlich hinab ins Tal des Felsenbachs. Der Kommissar verschränkte seine Hände hinter dem Rücken und ging mit leicht vorgeneigtem Kopf und mit langsamen langen Schritten zum Dorf zurück. Unterwegs begegnete ihm nur ein junges Paar. Beide gingen in schnellem Rhythmus und stützten sich dabei auf Skistöcke. Bienzle wusste wohl, dass dies eine neue Mode war, die man Nordic Walking nannte. Warum eigentlich nicht nördliches Wandern, fragte er sich. Aber sein Friseur hieß ja neuerdings auch Hairdresser, und seine Schreibwarenhandlung war in den Besitz einer Kette übergegangen, die sich Mc Paper nannte. Junge Kollegen sagten nicht mehr, sie hätten den Tatort inspiziert, die hatten die Location gecheckt. Aber er hatte sich dann doch amüsiert, als er gelesen

hatte, der Werbespruch eines Fernsehsenders, »Powered by Emotion«, werde von den meisten Leuten mit »Kraft durch Freude« übersetzt und der einer Parfümeriekette, »Come in and find out«, mit »Kommen Sie rein und finden Sie wieder raus«.
Die beiden jungen Leute mit den Skistöcken hatten ihn freundlich gegrüßt und waren dann schnell um die nächste Biegung verschwunden. Man sagte ja, diese Art der Fortbewegung sei gesund, weil sie alle Muskeln fordere und die Gelenke, vor allem den Schultergürtel entlaste. Bienzle hatte oft Schmerzen im Nacken- und Schulterbereich, und manchmal fuhr es ihm gottsallmächtig ins Kreuz. Aber er konnte sich trotzdem nicht vorstellen, irgendwann einmal ein Nordic Walker zu werden.

Als er aus dem Wald heraustrat, fiel sein Blick auf den Autenrieth-Hof, der zwischen ihm und dem Dorf lag. Ohne Eile hielt der Kommissar auf das Gehöft zu. Er war noch gute fünfhundert Meter entfernt, als er einen Mann entdeckte, der sich, genau wie er selbst, zu Fuß auf das Gut zu bewegte. Er war klein und untersetzt und trug einen langen dunklen Mantel und einen breitkrempigen Hut. Bienzle blieb im Schatten eines Apfelbaums stehen. Er konnte sich nicht erklären, warum er das Bedürfnis hatte, den Fremden zu beobachten, und zwar möglichst, ohne von ihm gesehen zu werden.
Sein Handy klingelte. Bienzle reagierte erschrocken. Er warf einen alarmierten Blick zu dem Mann hinüber, der sich mit zügigen Schritten dem Hof näherte. Aber auf die Entfernung konnte der das Telefonklingeln unmöglich gehört haben.

»Ja?«, meldete sich der Kommissar.
Am anderen Ende war eine Mitarbeiterin der Gerichtsmedizin in Tübingen: »Dr. Sonja Sperl. Sie leiten doch die Ermittlungen im Fall Autenrieht.«
»Ja«, sagte Bienzle und hätte am liebsten »leider« hinzugefügt.
»Der Mann ist von einem Eichenast getroffen worden, ehe er abgestürzt ist.«
»Und woher wissen Sie, dass es ein Eichenast war?«
»Die Holzpartikel lassen ganz klare Schlüsse zu.«
»Wo ist Autenrieth getroffen worden?«
»Im Nacken. Der Angriff muss von hinten erfolgt sein.«
»Ein schwerer Ast?«
»Nein, der Durchmesser war vier Zentimeter. Er könnte also auch als Stock beim Wandern benutzt worden sein.«
»Wir müssen das ganze Gelände nochmal absuchen.«
»Das ist Ihre Entscheidung!«
Warum redet die so kühl, dachte Bienzle, ich hab ihr doch gar nichts getan. Wir kennen uns ja nicht einmal. »Danke«, sagte er und schaltete sein Handy ab.
Der gedrungene Mann in dem langen Mantel erreichte in diesem Moment den Hof, blieb nur kurz am Tor stehen, wendete sich ab und entschwand nach links, entlang der Mauereinfriedung, Bienzles Blicken. Der Kommissar löste sich vom Stamm des Apfelbaums und setzte seinen Weg fort. Wenn der Mann auf einem anderen als dem offiziellen Weg in das Gehöft eindrang, würde Astor, der Hofhund, es melden. Aber auf seinem restlichen Weg hörte Bienzle kein Bellen.
Er erreichte das Tor, klingelte und wurde, nachdem er sich über die Gegensprechanlage gemeldet hatte, sofort einge-

lassen. Ein wenig war er doch enttäuscht, dass Astor, den er doch langsam schon zu seinen Freunden zählte, nicht anschlug und ihm auch nicht entgegengerannt kam.
Gottlieb, der alte Knecht, stand unter der Tür. Er trug feierliches Schwarz und sah darin ein wenig einer alten Krähe ähnlich.
»Wo ist denn der Hund?«, fragte Bienzle.
»Die Frau Autenrieth ist mit ihrer Tochter in die Stadt gefahren«, sagte Gottlieb, als ob das eine Antwort auf Bienzles Frage gewesen wäre.
»Ich hätte gerne nochmal einen Blick in das Arbeitszimmer des Verstorbenen geworfen.«
»Aber das ist doch versiegelt!«
Bienzle lächelte. »Nicht für mich, Gottlieb.«
Sie stiegen dicht nebeneinander die Treppe hinauf. Als sie auf halber Höhe zum ersten Stock den Treppenabsatz erreichten, hörten sie eine Tür schlagen.
»Was war das?«, fragte Bienzle.
»Vielleicht der Wind«, gab der Knecht gleichmütig zurück.
»Draußen weht kein Lüftchen.«
»Trotzdem entsteht manchmal Zug, wenn Türen und Fenster offen sind.« Gottlieb sprach genauso ein gezirkeltes Hochdeutsch wie zwei Tage zuvor. »Wann wird denn der Leichnam vom Herrn freigegeben, dass man ihn begraben kann?«
»Warum interessiert Sie das?«, fragte Bienzle.
»Ich glaub, ich werd erscht a bissle ruhiger, wenn er vollends unterm Bode ischt!«
Na immerhin hat er sein Schwäbisch nicht ganz verlernt, dachte Bienzle bei sich.

Sie erreichten die Tür zum Herrenzimmer. Das Siegel war erbrochen, die Tür nur angelehnt. Bienzle sah Gottlieb an. Der machte sofort mit beiden Händen eine abwehrende Bewegung.
»Also i war des net. Und vorher, wie ich runtergegangen bin, war des au no net!«
»Dann war das also vorher doch nicht der Wind oder der Luftzug!« Bienzle schob die Tür mit den Kuppen seiner Finger vorsichtig auf. Der Raum war leer. Eines der Fenster, die nach Westen zeigten, stand offen. Mit ein paar schnellen Schritten durchquerte er den Raum. Der Garten lag ruhig da. Die Obstbäume warfen Schlagschatten nach Norden. Und mitten im Gras lag reglos Astor, der Hofhund. Bienzle machte kehrt, rannte, so schnell er konnte, durch das Herrenzimmer, durchquerte das Wohnzimmer und hastete die Treppe hinunter. Er umrundete das Haus. Als er sich neben dem Tier niederkniete, hob Astor ein klein wenig den Kopf. Sein Atem ging rasselnd. Bienzle schrie: »Die Nummer vom Tierarzt!«, und riss sein Handy aus der Tasche.

»Das Tier ist vergiftet worden«, sagte eine Stunde später der Tierarzt Dr. Schmiedel. »Auch wenn ich's schneller geschafft hätte, wär ihm nicht zu helfen gewesen.«
Bienzle hatte dem Veterinär Vorwürfe gemacht, dass es so lange gedauert hatte, bis er endlich auf dem Hof eingetroffen war. Dabei hatte er selber erlebt, wie der Hund verendet war. Im Gras hatte der Kommissar danach ein Stück rohes Fleisch gefunden, das offenbar von den Zähnen des Hundes zerrissen worden war. »Dummer Kerle«, hatte Bienzle gesagt, das tote Tier nochmal gestreichelt und die Tränen mit den Handrücken aus den Augen gewischt.

Schmiedel klappte die Metallbügel seiner altmodischen Ledertasche zu und erhob sich von den Knien. Er war ein untersetzter, muskulöser Mensch, dessen graue Haare wirr vom Kopf abstanden. Er trug eine breit gerippte Kordhose und einen weiten grauen Pullover, der fast bis zu den Knien reichte und der den Eindruck machte, als könne man darin wohnen. »Erst der Autenrieth«, sagte der Tierarzt, »dann sein Hund. Vielleicht war's ja in beiden Fällen derselbe Mörder.« Bienzle dachte an den Mann mit dem langen dunklen Mantel und dem breitkrempigen Hut. Er hätte nicht einmal sein Alter bestimmen können.
»Es hat schon mal so einen Fall gegeben«, sagte Schmiedel. Bienzle sah ihn aufmerksam an, und der Tierarzt fuhr fort: »Wie damals der Sexauer ums Leben kam, ist auch am andern Tag sein Hund vergiftet worden. Das war allerdings ein widerliches Vieh.«
»Sexauer?«
»Der hat hier eine Autowerkstatt gehabt. Das ist jetzt zwei Jahre her, dass seine Hebebühne runtergekracht ist und ihn unter sich begraben hat.«
Bienzle nahm ein kleines Buch und einen Bleistiftstummel aus der Tasche und machte sich eine Notiz. In letzter Zeit hatte er sich daran gewöhnt, alles aufzuschreiben, was er sich merken wollte.
Inzwischen waren auch die Beamten der Spurensicherung eingetroffen. Bienzle fühlte sich überflüssig. »Nehmen Sie mich mit ins Dorf?«, fragte er Dr. Schmiedel.
»Ja, gern!«
Unterwegs erzählte der Tierarzt, dass er eigentlich davon lebe, die Besamung der Kühe auf den weit verstreuten Bauernhöfen vorzunehmen. Seine Praxis habe er nur noch

dienstags und donnerstags geöffnet. Hunde zu entwurmen, Wellensittichen die Krallen zu schneiden und Schildkröten zu heilen, die von ihren Haltern mit Kaugummi und Schokolade gefüttert worden seien – das alles biete kein erfülltes Leben.
Bienzle sah zu dem Mann am Steuer hinüber. Plötzlich hatte Schmiedel einen bitteren Zug um den Mund. »Ich bin aufs Land gegangen, weil ich geglaubt habe, da sei man unter Leuten und weniger allein als in der Stadt. So kann man sich täuschen.«
»Meine Tante erzählt immer, wie wunderbar die Dorfgemeinschaft hier funktioniert«, wandte Bienzle ein.
»Okay, wenn man sich anpasst und nicht aus dem Schema fällt.«
»Und Sie fallen aus dem Schema?«
Schmiedel zuckte die Achseln. »Ich bin schwul.«
»Des hätt i aber jetzt net denkt«, entfuhr es Bienzle.
»Ja, wenn ich so aussehen würde, wär's vielleicht halb so schlimm, und wenn ich dann noch Friseur und net Tierarzt wär. Sie glauben ja gar nicht, wie viele Bauern gemeint haben, sie müssten ihre Tiere vor mir schützen, als es herauskam.«
Bienzle lachte. »Also das glaub ich Ihnen jetzt nicht!«
Schmiedel stimmte in Bienzles Lachen ein. »Es war aber so. Irgendwann sind sie dann doch wieder zu mir gekommen. Sie haben ja gesehen, dass den Tieren der Bauern, die mir die Treue gehalten haben, nichts passiert ist. Und Pragmatiker sind sie ja oben auf der Schwäbischen Alb.«
Schmiedel hielt vor dem Gasthof Adler. »Ich hab Ihnen gar nicht gesagt, dass ich hier wohne«, sagte Bienzle.
»So was spricht sich hier schnell rum.«

Bienzle stieg nicht gleich aus. »Glauben Sie, dass der Sexauer damals ermordet worden ist?«
»Ja«, sagte Schmiedel schlicht, »aber ich hab keine Ahnung, wer es gewesen sein könnte. Der Mann, den er um alles betrogen hat, war da schon weggeschlossen. In der Heilanstalt Zwiefalten. Geistig verwirrt und einem religiösen Wahn verfallen. Und die Frau des Mannes hatte sich selbst das Leben genommen. Man sagt, sie habe ein Verhältnis mit dem Sexauer gehabt. Aber auf solche Gerüchte geb ich nichts.«
Bienzle biss sich auf die Unterlippe. »Vielleicht war's ja doch ein Unfall.«
»Ja«, sagte Schmiedel, »vielleicht gibt es ja tatsächlich so etwas wie einen Gott und eine ausgleichende Gerechtigkeit.«
»Danke fürs Mitnehmen.« Bienzle stieß die Beifahrertür auf.
»Wenn Sie Lust haben, können wir ja mal abends ein Bier zusammen trinken«, sagte der Tierarzt. »Wenn Sie sich nicht genieren, sich mit mir zu zeigen.«
»Ich würde mich freuen«, sagte Bienzle und reichte Dr. Schmiedel seine Karte, auf der auch seine Handynummer verzeichnet war.

Danach war Bienzle auf sein Zimmer gegangen. Das Mittagessen sparte er sich. Er nahm die Ordner vor, die ihm Langlott tags zuvor gebracht hatte. Der Widerwille gegen das viele Papier war nicht geringer als am Abend vorher. Aber Bienzle zwang sich dazu, wenigstens die Akten über den Fall Sexauer zu lesen. Der Werkstattbesitzer war sechsundvierzigjährig vom Tod ereilt worden. Der Gerichtsmediziner hatte mehr als zwanzig Verletzungen aufgeführt, von denen die meisten allein tödlich gewesen wären. Wie auch anders, wenn einer von einer Tonne Metall erdrückt wird? Die Bilder, die beigefügt waren, drehte Bienzle schnell aufs Gesicht.

Eine technische Skizze sollte erklären, warum die Hebebühne versagt hatte. Ein Fehler in der Hydraulik hatte demnach dazu geführt, dass die Maschine niedergekracht war. Der Sachverständige schloss eine Manipulation nicht aus. Aber Beweise dafür hatte er nicht gefunden. Ein zusätzliches Gutachten hatte sich die Staatsanwaltschaft gespart. Bienzle konnte sich des Eindrucks nicht erwehren, dass alle Beteiligten sich geeinigt hatten, es bei der Unfallversion zu belassen. Ein düsterer Zorn, den er sich selbst nicht erklären konnte, stieg in Bienzle auf.

Später saß er bei einer Tasse Kaffee und einem Stück Streuselkuchen in der kleinen Wohnstube seiner Tante Gerlinde.

»Also, wenn ich einen Mord begehen und nicht erwischt werden wollte, würde ich mein Opfer nach Felsenbronn locken«, sagte er.

»Du könntescht doch so was gar nicht«, sagte seine Tante.

Bienzle nickte. »Aber es scheint Leut' zu geben, denen das nicht schwer fällt.«

»Ich frag mich manchmal, ob nicht jeder gern amal jemand umbringen würde …«

»Du redest, als ging's um einen Ausflug auf die Zugspitze oder darum, amal Achterbahn zu fahren.«

»Achterbahn fahre dät ich nie«, rief Gerlinde Bienzle im Brustton der Überzeugung.

»Aber jemand umbringen?«

»Wenn ich wüsste, dass man mich nicht erwischt!«
»Und an wen denkst du da?«
»Jetzt grad an niemand, aber es hat schon Zeiten gegeben ...« Gerlinde vollendete den Satz nicht. Sie legte ihren Kopf in den Nacken, schloss die Lider halb, und ihr kleines Gesicht bekam einen träumerischen Ausdruck.
»Tante Gerlinde, da tun sich ja Abgründe auf!«
»Ha komm! Ich sag doch grad, jeder hat solche Vorstellungen, und wenn du sagst, du net, dann glaub ich's dir net!«
»An deinem Geburtstag hast du gesagt, du hoffst, dass ich die alten Fälle aufkläre.«
»Ja, des wär doch spannend!«
»Und ich hab gedacht, dir ginge es um die Gerechtigkeit!«
»Hast du nicht amal g'sagt, in unserer Welt gebe es zwar das Recht, aber keine Gerechtigkeit?«
»Ja, kann schon sein.« Bienzle stand auf. »Der Autenrieth jedenfalls ist heimtückisch ermordet worden. Und den Mörder werde ich finden.«
»Ja, du bischt a tüchtiger Kerle!«
Bienzle musterte seine Tante. Aber er konnte in ihrem Gesicht keine Spur von Ironie erkennen.
Überraschend ließ er sich nochmal auf den Stuhl zurückfallen. »Sag amal, den Sexauer hast du doch auch gekannt.«
»Ja freilich.«
»Und?«
»Was und?«
»Wie ist er deiner Meinung nach ums Leben gekommen?«
»Also das war ganz bestimmt ein Unfall.«
»In dem Gutachten steht, dass es einen solchen Unfall zuvor niemals gegeben habe.«
»Ja, einmal ist halt immer das erste Mal.«

»Tante Gerlinde, du wirst mir langsam unheimlich.«
»Ja?« Sie lächelte ihn verschmitzt an. Erst jetzt bemerkte er, dass sie ihre Lippen rot geschminkt hatte.
»Ich glaub, ich sollt lieber heut' als morgen den Fall abgeben und nach Stuttgart zurückfahren.«
»Des machscht net!«, befahl seine Tante streng.

Am Mittag und Nachmittag wirkte Felsenbronn wie ausgestorben. Aber Bienzle kannte das von solchen Dörfern. Wer Arbeit hatte, verließ den Ort am frühen Morgen, um in die nahen Städte zu fahren. Felsenbronn hatte im Unterschied zu anderen Dörfern in der Gegend versäumt, rechtzeitig ein Gewerbegebiet auszuweisen. Deshalb gab es hier nur wenige Arbeitsplätze. Am Vormittag kauften die Frauen noch ein, aber wenn sie in ihre Häuser oder Wohnungen zurückgekehrt waren, um zu kochen oder sich dem Nachmittagsfernsehen zu widmen, breitete sich eine lastende Ruhe über dem Gemeinwesen aus, die kurzfristig endete, wenn die Menschen, die Arbeit hatten, in ihren Autos oder auf ihren Motorrädern in den Ort zurückkehrten. Eine Stunde später war erneut alles still. Immer wieder wunderte sich Bienzle, wie wenig Leben die Kinder und die Jugendlichen in das Dorf brachten. Aber so viele waren es ja nicht. Zudem boten die Schulen inzwischen eine Ganztagsbetreuung an. Und welcher junge Mensch kehrte schon freiwillig nach Felsenbronn zurück?

Von Westen her drangen schwarze Wolken dicht über dem Backofenberg heran. Sie fraßen die Sonne förmlich in sich hinein. Plötzlich wurde es dunkel. Ein starker Wind kam auf. Er trieb Staub und vergilbte Blätter vor sich her. Bienzle hielt sich die flache Hand vor die Augen und beschleunigte seine Schritte. Erste Tropfen fielen – zunächst noch einzeln, groß und schwer. Doch rasch wurde der Regen heftiger. Bienzle erreichte den Dorfplatz, durchschritt die Friedhofspforte. Er eilte auf den Eingang der Kirche zu und sah aus den Augenwinkeln zwei Männer, die eine Grube aushoben. »Dort wird er liegen«, hatte Frau Autenrieth gesagt. Die Maße des Grabs für den Großbauern Paul Autenrieth waren mit vier Dielenbrettern vorgegeben. Die beiden Männer stemmten sich aus dem Loch heraus und liefen auf das Tor zur Kirche zu. Sie kamen dort an, als Bienzle den rechten Flügel aufstieß. Er ließ den lehmverschmierten Totengräbern den Vortritt.

Bienzle wendete sich noch einmal um. Der Regen war jetzt wie ein dichter Vorhang. Das Dorf verschwand fast im nassen Grau. Die Trostlosigkeit, die der Kommissar zuvor schon empfunden hatte, verstärkte sich noch.

Plötzlich stand der junge Pfarrer neben ihm. »Wollen Sie nicht hereinkommen?«

»Das Grab wird schon ausgehoben«, sagte Bienzle, »wir haben den Leichnam noch nicht freigegeben.«

»Ich habe mit der Staatsanwaltschaft telefoniert …«

»Sie?«

»Ja, Frau Autenrieth hat mich darum gebeten.«

»Da fallen mir alle meine Sünden ein«, sagte Bienzle.

»Na, na«, entfuhr es dem jungen Geistlichen.

»Ja, ich hab mich bis jetzt noch nicht bei dem zuständigen Staatsanwalt gemeldet.«

»Der Staatsanwalt ist eine Frau!«

»Auch das noch«, sagte Bienzle und schämte sich sofort dafür. »Was sagt sie denn?«

»Die Leiche könne jeden Tag freigegeben werden.«
Bienzle nickte. »Es könnte aber auch noch eine Woche dauern!«
»Das wird ein Landregen«, sagte der Pfarrer. »Wenn Sie einen Schirm wollen, kann ich Ihnen einen leihen.«
»Ich setz mich a bissle in Ihre Kirche. Vielleicht zieht das Wetter ja vorbei.«
»Das Haus des Herrn ist offen für jedermann«, sagte der junge Pfarrer. Bienzle warf ihm einen ärgerlichen Blick zu und ging dann durch die Tür, die ihm der Geistliche aufhielt.
Die beiden Totengräber standen gleich rechts im Chor, wo auf einem Tisch und in einem kleinen Regal Traktate und Postkarten angeboten wurden. Das Geld für die Druckwerke musste man in eine kupferne Kassette werfen.
Links außen, in der zweitletzten Bank, saß Luise Hertter und schien in ein tiefes Gebet versunken zu sein. Bienzle ging zu ihr hinüber und setzte sich neben sie. Die Holderliesel hob nur kurz den Kopf. »Du schon wieder!«
»Ich hab noch eine Frage, Luise: Wenn Karl Meiler hierher nach Felsenbronn kommen würde, wo würde er dann wohnen?«
»Also ich hätt ja bei mir gar net so viel Platz«, gab die alte Frau zurück.
»Also, bei wem?«
»Aber er ist doch gar net hier.«
Bienzle wurde immer ärgerlicher. »Krieg ich jetzt eine Antwort auf meine Frage?«, herrschte er Frau Hertter leise an.
»Sein bester Freund damals – viel Freund' hat er ja net g'habt –, also sein bester Freund ist der Helmuth Wiesentle gewesen.«

»Warum net gleich so«, knurrte Bienzle und erhob sich aus der Kirchenbank.
»Ich werd für dich beten«, sagte Luise Hertter, faltete die Hände und neigte den Kopf nach vorn. Ihre Lippen begannen sich lautlos zu bewegen.
»Jetzt würde ich doch gerne einen Schirm leihen«, sagte Bienzle und ließ sich von dem Geistlichen den Weg zum Haus der Familie Wiesentle zeigen.
Der Regen hatte noch zugenommen und wurde ihm von einem böigen Wind entgegengetrieben.
Helmuth Wiesentle wohnte in einem Neubaugebiet am Galgenberg. Es war ein stattliches Anwesen mit einem steil abfallenden Steingarten zwischen Haus und Straße.
Bienzle klingelte, aber es öffnete niemand. Im Nachbarhaus ging ein Fenster auf. Eine Frau um die vierzig schaute heraus. »Bei denen ist niemand zu Hause«, sagte sie. »Er hat sein G'schäft in Sigmaringen, und seine Frau arbeitet in Balingen.«
»Danke«, sagte Bienzle. »Wissen Sie, ob das Ehepaar Wiesentle zurzeit Besuch hat?«
»Nein, da ist niemand außer dene zwei. Die pfleget sowieso net so viel Umgang.«
Bienzle trat unter das Fenster der Nachbarin. Um zu ihr hinaufschauen zu können, musste er den Schirm zur Seite nehmen. Der Regen traf ihn voll im Gesicht. »Ich suche eigentlich den Karl Meiler. Kennen Sie den?«
»Ja, der war schon manchmal bei den Wiesentles, das stimmt. Aber nicht in letzter Zeit.«
Bienzle bedankte sich nochmal und wendete sich ab.
»Ist der Autenrieth wirklich umgebracht worden?«, hörte er die Stimme der Frau.

»Ach, Sie wissen, warum ich hier bin?« Er sah noch einmal zu der Frau zurück.
»Ha ja. Ich bin doch beim Geburtstag Ihrer Tante dabei gewesen.«
»Ach ja, stimmt ja. Jetzt fällt mir's wieder ein«, log Bienzle und stapfte davon.

Als er die Polizeiwache betrat, brachte er einen ganzen Schwall Regenwasser mit sich herein. Seine Hosen waren bis weit über die Knie hinauf klatschnass. In seinen Schuhen quietschte die Feuchtigkeit. Ungeniert zog Bienzle die Schuhe und die Strümpfe aus, legte beides auf die Heizung, setzte sich auf einen Stuhl und betrachtete seine nackten Zehen. Er berichtete vom Tod des Hundes. Um den sei es nicht schade, meinte Langlott. Er selbst könne Hunde sowieso nicht leiden, und der Astor von den Autenrieths habe ihm immer Angst eingejagt.
»Waren Sie denn öfter draußen auf dem Hof?«, fragte Bienzle.
»Ich habe mich einmal um die Tochter des Hauses beworben.«
Bienzle amüsierte die altertümliche Formulierung seines jüngeren Kollegen. »Sie sind doch noch gar nicht so lang hier.«
»Das war früher. Aber es hängt natürlich alles miteinander zusammen.«
Bienzle verstand. »Das gehörte sozusagen zu Ihrer Lebensplanung. Hier den Polizeichef zu machen und die Tochter des reichsten Mannes am Ort zu heiraten.«
Kurt Langlott sah Bienzle aus seinen wassergrauen Augen an. »Ja, und?«

»Ich hab doch gar nichts dagegen. Ich weiß nicht, ob es eine Statistik darüber gibt. Aber meine Lebenserfahrung sagt mir, dass Ehen, die aus Vernunft oder, sagen wir, aus kühler Überlegung geschlossen werden, oft länger halten als so genannte Liebesheiraten.« Bienzle legte den Knöchel seines linken Beines auf sein rechtes Knie und begann seine Zehen zu massieren. »Aber es hat dann doch nicht geklappt?«, fragte er.
»Sie hatte schlechte Erfahrungen gemacht. Heiraten wollte sie nicht mehr. Sie wollte nur noch leben. Aber dafür hätte ihr Vater keinen Cent rausgerückt. Deshalb hat sie sich den Gadamer ausgesucht. Der ist noch reicher, als es ihr Vater war, und weil er so krank ist, ist er der Ariane ausgeliefert.«
Bienzle nickte. Das deckte sich mit dem, was er von Pater Gilchinger in Beuron gehört hatte. »Ihr zweiter Mann war doch Sven Heckmann.«
Langlott nickte finster.
»Ich hab den Namen in der Akte gelesen«, sagte Bienzle.
»Der Staatsanwalt, damals noch Dr. Neidlinger, verfügte, dass keine Anklage erhoben werden sollte. Ariane hatte sowieso ein Alibi. Sie und Heckmann hatten sich schon ein halbes Jahr davor getrennt. Und als er das Gift zu sich nahm, war er nachweislich allein.«
»Was war es denn für ein Gift?«
»Ein Insektizid, das man in der Landwirtschaft verwendet. Er muss unheimlich qualvoll gestorben sein.«
»Und auf die Idee, dass er ein Getränk zu sich genommen haben könnte, das schon lange vorher vergiftet worden war, ist keiner gekommen.«
»Ich habe die Akten nicht so im Kopf«, sagte Langlott.

»Kannten Sie damals die Ariane Autenrieth schon?«
»Ja, wir haben uns bei der Fasnacht vor vier Jahren kennen gelernt.«
Bienzle nickte. »Sven Heckmann hat letztes Jahr das Zeitliche gesegnet. Juli 2003, hab ich Recht?«
»Ja. Ja natürlich.«
»Auf die Idee, Ariane zu heiraten, sind Sie aber schon vorher gekommen oder erst, nachdem sie Witwe war?«
»Ich weiß zwar nicht, warum Sie das interessiert, aber erst als sie allein war, dachte ich, dass daraus was Ernsthaftes werden könnte.«
»Und was war es davor?« Bienzle nahm eine Socke von der Heizung.
»Ich glaube nicht, dass ich Ihnen das näher beschreiben muss.«
»Sie haben Recht. Ich hab genügend Phantasie.« Bienzle zog den Strumpf über den nackten rechten Fuß. »Ich kann ja net warte, bis die Socke trocke sind«, sagte er.
»Was haben Sie jetzt vor?«, fragte Langlott.
»Zuerst mache ich einen Besuch bei der Staatsanwältin. Dann fahre ich nach Stuttgart und hol mir Zeug zum Anziehen. Ich bin ja bloß auf ein Wochenende eingestellt gewesen.« Er zog auch die zweite Socke über und schlüpfte in die nassen Schuhe. »Aber es hat doch hoffentlich niemand ernsthaft geglaubt, der Heckmann habe sich mit dem Pflanzengift selbst umgebracht?«
»Nein. Man hat sich darauf geeinigt, dass es eine Verkettung unglücklicher Umstände war.«
»Hat er denn was hinterlassen, der Heckmann?«
»Ja, natürlich!«
»Was ist jetzt da dran natürlich?«

»Glauben Sie, der Autenrieth hätte einer Ehe mit einem Hungerleider zugestimmt?«
»Sind Sie denn vermögend?«
»Na ja, ganz mittellos bin ich auch nicht. Von meiner Familie her, wenn Sie wisset, was ich meine, und zudem bin ich Beamter, und das hätte ihm nicht schlecht gefallen.«
»Verstehe!« Bienzle stand ächzend auf. »Wann wird denn das Wetter besser?«, fragte er.
»Vorerst soll es so bleiben.«
»Na gut, man muss es nehmen, wie's kommt.« Bienzle griff nach dem Schirm und verließ die Polizeiwache. Der Wind hatte etwas nachgelassen, aber der Regen fiel unvermindert stark. Auf dem schmalen Sträßchen, das zum Gasthof Adler führte, standen tiefe Pfützen voller Schmutzwasser.
Bienzle holte die Akten aus seinem Zimmer und stieg in den Dienstwagen, der ihm von der Fahrbereitschaft der Polizeidirektion Sigmaringen zur Verfügung gestellt worden war. Als er auf die Bundesstraße einbog und Felsenbronn immer weiter hinter ihm zurückblieb, ertappte er sich bei dem Wunsch, nicht mehr hierher zurückkehren zu müssen.

Die Staatsanwältin hörte auf den Namen Anuschka Relinger, war vielleicht 1,65 Meter groß und hatte einen Doktortitel und die Figur einer Mittelgewichtsboxerin. Als sie hinter ihrem Schreibtisch aufstand und auf Bienzle zukam, wirkte sie, als wolle sie ihn angreifen. Ihr Kopf war leicht vorgebeugt, die Arme hatte sie angewinkelt, ihr Schritt war schwer, aber schnell, wobei sie die Füße seltsam zur Seite ausstellte. Plötzlich schoss ihre Rechte vor. »Herr Bienzle! Sie wollte ich schon lange mal kennen lernen.« Ihr Händedruck war der einer Kraftsportlerin.

»Freut mich«, quetschte Bienzle hervor.
»Aber Sie haben sich verdammt viel Zeit gelassen, seit das in Felsenbronn passiert ist!«
»Tut mir leid, Frau Dr. Relinger, aber ich bin von dem Auftrag total überrascht worden. Eigentlich hätte ich auch in Stuttgart genug zu tun.«
»Ich habe sofort zugestimmt, als ich davon hörte, dass man Ihnen den Fall übertragen wollte. In die Geschichte muss endlich mal Grund rein!«
»Was meinen Sie denn damit?«
»Das wissen Sie bestimmt: In Felsenbronn geschieht seit Jahren vieles, was nicht mit rechten Dingen zugeht. Und niemand findet eine Erklärung dafür.«
»Das wird nach so langer Zeit aber auch nicht leichter.«
»Wenn Sie den Fall Autenrieth lösen, kommt garantiert auch Licht in die anderen Fälle.«
»Sie glauben also auch, dass die alle miteinander zusammen hängen?«
»Sie nicht?«
»Ich hab mir noch keine Meinung gebildet. Aber selbst wenn ein paar der Fälle zusammenhängen, muss das nicht für alle zutreffen. Wie leicht macht sich da einer zum Trittbrettfahrer.«
Frau Dr. Relinger machte eine einladende Bewegung in Richtung Besucherecke. Sie selbst setzte sich auf einen Stuhl, den sie heranzog. Dabei stellte sie die Füße weit auseinander, legte ihre Unterarme auf ihre Oberschenkel und beugte den Oberkörper vor.
»Kriegen Sie's raus!«, sagte die Staatsanwältin.
»Wenn schon, dann kriegen wir beide das zusammen raus«, sagte Bienzle.

»Umso besser.« Ein Lächeln flog über das Gesicht von Anuschka Relinger und gab ihm plötzlich etwas Anmutiges. »Ich könnte einen Erfolg gut gebrauchen.«
»Wofür?«
»Im nächsten Frühjahr geht der Oberstaatsanwalt. Ich will mich um die Position bewerben.«
»Finde ich gut, dass Sie daraus kein Geheimnis machen«, sagte Bienzle.
»Wenn ich es leugnen würde, würde mir's sowieso keiner glauben.« Das kleine Lächeln kehrte auf ihr kantiges Gesicht zurück.

Bienzle beschloss, auf seiner Fahrt nach Stuttgart in Tübingen Station zu machen und Alexander Autenrieth aufzusuchen. Er arbeitete im Paul-Lechler-Krankenhaus hoch über der Stadt. Bienzle, der zwölf Kilometer von hier entfernt in Dettenhausen aufgewachsen war, kannte die Klinik gut. Sein Vater war hier gestorben. Eigentlich war er damals nur in diese Klinik gekommen, weil seine Frau, die ihn aufopferungsvoll gepflegt hatte und sich ihre eigenen Leiden niemals anmerken ließ, plötzlich mit einem Magendurchbruch eingeliefert worden war. Im Paul-Lechler-Krankenhaus gab es für alte Ehepaare die Möglichkeit, gemeinsam untergebracht und gepflegt zu werden. Bienzle erinnerte sich gut an das große helle Zimmer. Er hatte seinen Vater, dem wegen einer schweren Zuckerkrankheit beide Beine amputiert worden waren und der kaum mehr etwas sehen und hören konnte, aber geistig absolut auf der Höhe war, wenige Stunden vor dessen Tod besucht.
Sein Vater hatte auf dem Bett gesessen und den Sohn mit den Worten empfangen: »Der Mutter geht's sehr schlecht.

Ich spüre, dass sie's nicht überleben wird.« Tränen waren aus seinen fast blinden Augen getreten. Heute wusste Bienzle, dass sein Vater in jenem Moment beschlossen hatte zu sterben. Er hatte noch einmal die Hand seines Sohnes in seine beiden Hände genommen, die nicht zitterten, sondern noch immer kräftig zupackten. Eine Umarmung hatte es zwischen ihnen nie gegeben.

In der darauf folgenden Nacht war sein Vater gestorben. Er hatte sich gegen zehn Uhr ins Bett gelegt und war nicht wieder aufgewacht. Bienzles Vater hatte sein Leben lang nur das getan, was er für richtig hielt. Seine Frau hatte es nie leicht gehabt mit ihm.

Ein Vierteljahr nach dem Tod ihres Mannes war die alte Frau Bienzle als gesund entlassen worden. Sie bezog eine wunderschöne kleine Wohnung in einem mustergültigen Altersheim mitten in Dettenhausen, dem Dorf, in dem sie seit ihrem sechsundzwanzigsten Lebensjahr als Frau des Lehrers gelebt hatte. Immer an der Seite des Mannes, den man im Ort liebte, fürchtete, verehrte und dem man gehorchte. Nun übernahm sie seine Rolle. Die Frau, die immer im Schatten gestanden hatte, konnte jetzt genauso bestimmt, ja herrisch auftreten wie ihr Mann zu seinen Lebzeiten.

Bienzle durchschritt den breiten Gang im ersten Stock des Krankenhauses. Am Ende des Korridors ging der Blick durch ein großes Fenster auf die herbstbunten Wälder des Schönbuchs hinaus. Bienzle fragte sich, was er wohl von den beiden Menschen geerbt hatte, die soeben mit solcher Macht in seine Gedanken zurückgekehrt waren.

»Wen suchen Sie?«, fragte eine helle Stimme.

Bienzle tauchte aus seinen Erinnerungen auf und nahm

jetzt erst die junge Frau in der Schwesterntracht wahr. »Alexander Autenrieth.«
»Der hat heute frei. Sein Vater ist gestorben. Außerdem ist sein Bruder zu Besuch bei ihm!«
»Sein Bruder ...?« Bienzle konnte seine Überraschung nicht verbergen. »Sind Sie sicher?«
Die Schwester lachte. »Er hat ihn mir selbst vorgestellt.«
»Können Sie mir sagen, wo ich die zwei finde?«
»Alex wohnt in der Bursagasse. Aber ob er natürlich dort ist ...?« Die junge Frau zuckte die Achseln. »Soll ich Ihnen beschreiben, wie Sie da hinkommen?«
»Danke«, sagte Bienzle, »ich kenn mich aus. Welche Hausnummer ist es denn?«
»Sechzehn, glaub ich. Es ist direkt überm Rebstöckle.«
»Dann weiß ich Bescheid. Eine Frage noch: Besucht der Bruder Herrn Autenrieth öfter?«
»Nein. Er lebt ja in Amerika. Aber letztes Jahr war der Alex bei ihm drüben in Boston.«

Bienzle verließ das Krankenhaus tief in Gedanken. Es konnte sich bei Alexander Autenrieths Besuch eigentlich nur um Karl Meiler handeln, den unehelichen Sohn des Großbauern Paul Autenrieth. Also hatten die Halbbrüder irgendwann einmal Kontakt miteinander aufgenommen.

Der Kommissar stellte seinen Wagen ins Parkhaus König und schritt durch die mittelalterliche Altstadt Tübingens, die auf ungewöhnlich einfühlsame Weise in den siebziger und achtziger Jahren restauriert worden war. Der ganze Bereich war Fußgängerzone. Die Sträßchen gepflastert. Alexander Autenrieth wohnte über dem alten Wirtshaus

Zum Rebstock, in dem Bienzle schon als Schüler manchmal gewesen war. Sie hatten sich damals zu zweit ein Bier geteilt und dazu die kostenlosen trockenen Brötchen aus dem Brotkorb mit dem ebenfalls kostenlosen Senf geschmiert und gegessen. Die Wirtin hatte nichts dagegen gehabt. »Ihr kommet älle wieder«, pflegte sie zu sagen, »später, wenn ihr Geld gnueg hent, und dann kommt mir des älles wieder rei.«

Als Bienzle das letzte Mal hier gewesen war, hatte er die alte Wirtin besucht. Natürlich hatte sie sich nicht an ihn erinnert, auch dann nicht, als er begann, von den alten Zeiten zu erzählen. Aber gefreut hatte sie sich trotzdem. Sie war damals schon sechsundneunzig Jahre alt, saß den ganzen Tag im ersten Stock hinter einem Fenster und sah auf die Bursagasse hinab. »Da brauch ich kein Fernsehen«, hatte sie zu Bienzle gesagt.

Bienzle betrat die Wirtschaft durch die niedrige Tür. Er musste den Kopf einziehen, aber das machte er nach alter Gewohnheit ganz von selbst.
Hinter dem Tresen arbeitete ein Mann um die sechzig, den er noch nie gesehen hatte. Bienzle stellte sich vor und fragte nach der alten Wirtin. Eines Nachmittags im Sommer, berichtete der Wirt, sei seine Frau zu ihr hinaufgegangen. Da habe sie tot in ihrem Lehnstuhl am Fenster gesessen.
Als Bienzle durch das enge Treppenhaus hinaufstieg, überlegte er sich, ob die alte Wirtin vielleicht, genauso wie sein Vater, an jenem Tag schlicht beschlossen hatte aufzuhören.
Neben der schmalen Wohnungstür im Dachgeschoss klebte eine Visitenkarte mit Alexander Autenrieths Namen unter

der Klingel. Von drinnen erklang Musik. Bienzle drückte auf den Knopf. Die Tür wurde geöffnet. Autenrieth stand auf der Schwelle. Er trug einen schwarzen Trainingsanzug, dazu Filzpantoffeln, war ungekämmt und unrasiert und sah aus, als wäre er grade aus dem Bett gestiegen. »Ach, Sie sind's«, sagte er und machte Platz, damit Bienzle die Wohnung betreten konnte.
»Sind Sie allein?«, fragte Bienzle.
»Ja. Ja natürlich.«
»Und wo finde ich Ihren Bruder Karl?«
»Bitte?«
»Er ist doch bei Ihnen zu Besuch.«
»Wer hat Ihnen das gesagt?« Alexander Autenrieth wich ein paar Schritte zurück. Und wieder kam Bienzle der Gedanke, dass das Leben diesen Mann nie etwas gelehrt hatte als passive Hinnahme.
Der Kommissar machte eine beschwichtigende Handbewegung. »Ich würde ihn halt gerne sprechen«, sagte er mit seiner ruhigen tiefen Stimme.
»Warum?«
»Seit wann ist er denn schon in Deutschland?«
Alexander war mit der Situation sichtlich überfordert. »Was ... was wollen Sie denn von ihm?«
Bienzle behielt seinen sanften Ton bei. »Beantworten Sie bitte meine Frage?«
»Seit einer Woche.«
»Er ist also nicht angereist, weil er vom Tod seines Vaters gehört hatte?«
»Wie? ... Nein, nein.«
»Aber er weiß darüber Bescheid, dass Ihr gemeinsamer Vater ums Leben gekommen ist.«

»Ja, ja natürlich.«
»Und jetzt nochmal meine Frage: Wo ist er jetzt?«
»Er ist nach Karlsruhe gefahren, einen alten Studienfreund besuchen. Er wusste noch nicht, ob er dort übernachten wird oder heute Abend noch zurückkommt.«
Bienzle stand breitbeinig in der Mitte des Raums. Alexander Autenrieth hatte ihm keinen Platz angeboten.
»Als ich Sie gefragt habe, wo Sie zur Tatzeit waren – also in der Stunde, in der Ihr Vater ins Donautal hinuntergestürzt ist ...«
»Ja ...?«
»Da sagten Sie, Sie seien hier in Tübingen gewesen, aber niemand könne das bestätigen. Wörtlich sagten Sie: ›Ich war allein. Ich habe nicht viele Kontakte. Außer bei der Arbeit.‹«
»Ja!«
»Aber wenn doch Ihr Bruder aus Boston da war.«
»Ich wollte nicht darüber reden. Ich wusste nicht, ob ihm das recht gewesen wäre.«
Bienzle zog eine Visitenkarte aus der Tasche und reichte sie dem jungen Autenrieth. »Ihr Bruder soll sich bei mir melden. Je schneller, desto besser!«
»Ja, ist gut.«
Bienzle ging zur Tür. Alexander Autenrieth blieb wie angewurzelt stehen.

Der Kommissar nahm nicht die Schnellstraße von Tübingen nach Stuttgart, sondern wählte den Weg durch den Schönbuch. Er fuhr langsam durch sein Heimatdorf Dettenhausen. Im Siebenmühlental hinter Steinenbronn hielt er auf einem Parkplatz an, stieg aus und ging ein Stück –

den Regenschirm des Felsenbronner Pfarrers über sich aufgespannt – den Talweg entlang. Die Aich mäanderte durch das regendurchtränkte Gras. In den Kuhlen zwischen Bach und Weg bildeten sich kleine Seen, weil das Regenwasser nicht mehr einsickern konnte.
Ein Gedanke beschäftigte Bienzle, seitdem er das Haus in der Bursagasse verlassen hatte: Was verband die Halbbrüder wohl? Der Hass auf den ungeliebten Erzeuger? Hatten sie sich zusammen getan, um dem Leben des Despoten ein Ende zu machen? Der Gedanke kam ihm nicht abwegig vor. Aber was hätte das mit den vorausgegangenen Morden zu tun gehabt? Vielleicht nur die Erkenntnis der beiden Männer, dass unaufgeklärte Morde in Felsenbronn eine gewisse Tradition hatten, Morde, die immer auch etwas von einer Bestrafungsaktion hatten. »Du spinnst!«, hörte sich Bienzle selbst laut sagen. Und dann noch: »Lass dich bloß auf kein falsches Gleis schieben.«
Er kehrte zu seinem Dienstwagen zurück und machte sich auf den restlichen Weg nach Stuttgart.

Hannelore war in ihrem Atelier. Sie hatte erst kürzlich den Auftrag für die Illustration eines neuen Kinderbuchs bekommen – einer der Gründe, warum sie nur sehr ungern mit nach Felsenbronn gefahren war. Sie hatte dafür die Arbeit unterbrechen müssen. Wenn sie eine solche Aufgabe hatte, lebte sie ganz in ihren Bildern. Sie vergaß ihre Umgebung und die Zeit. Dass sie so schnell nach Stuttgart zurückgekehrt war, hatte auch damit zu tun, dass sie unbedingt weitermachen wollte.
Als sie hörte, wie sich der Schlüssel in der Wohnungstür drehte, schreckte sie auf.

Bienzle rief: »Hallo, ich bin's!«
Hannelore stieß den Pinsel in ein Wasserglas und verließ ihr Atelier. »Mit dir habe ich überhaupt nicht gerechnet. Hättest du nicht anrufen können?«
Bienzle krauste die Stirn. »Das ist ja ein schöner Empfang!«
»Entschuldige. Aber ich hab nicht mal was zu essen im Haus.«
»Ich hätte dich sowieso gerne eingeladen. Zu Paolo vielleicht oder in die Wilhelmshöhe zum Vinzenz Klink.«
»Tut mir leid. Ich geh nicht weg. Ich bin so gut in meiner Arbeit drin, dass ich jetzt auf keinen Fall unterbrechen will.«
Wer konnte das besser verstehen als Ernst Bienzle, der nur allzu oft so sehr in seine Fälle verstrickt war, dass man nichts mit ihm anfangen konnte. Trotzdem reagierte er betroffen, fast ein wenig beleidigt. »Gut. Ich bin eh nur gekommen, um ein paar Kleider zu holen.«
Sie standen sich gegenüber, hatten sich nicht einmal die Hand gegeben, von einem Begrüßungskuss ganz zu schweigen.
»Gut«, sagte Hannelore und verschwand wieder hinter der Schiebetür zum Atelier.
Bienzle ging ins Schlafzimmer, holte einen Koffer vom Kleiderschrank und füllte ihn ziemlich wahllos mit Unterwäsche, Strümpfen und Hemden. Er wäre am liebsten grußlos aus der Wohnung gegangen, aber er gehörte zu den Leuten, die sich immer auch die Folgen ihres Handelns vor Augen hielten. Im Stillen führte er den Dialog, wie er wohl beim nächsten Wiedersehen stattfinden würde:
Hannelore: *Du hast noch nicht einmal so viel Verständnis für*

meine Arbeit, um mir nachzusehen, dass ich mal mit meinen Gedanken woanders bin als nur immer bei dir, nämlich bei meiner Arbeit.

Bienzle: *Im Gegenteil, ich wollte dich nur nicht stören. Deshalb bin ich ganz still wieder gegangen.*

Ach, hör doch auf. Du warst beleidigt.

Habe ich auch nur mit einem Ton gesagt ...?

Das brauchst du nicht zu sagen, das weiß ich auch so.

Ach so, du weißt genau, was ich denke, was ich fühle, was ich verstehe, ja?

Ganz recht. Das weiß ich manchmal sogar besser als du.

Hier brach Bienzle die stumme Zwiesprache in seinem Kopf ab und klopfte leise an die Ateliertür. Als Hannelore rief: »Ja, bitte?«, was in seinen Ohren viel zu förmlich klang, schob er die Tür auf. »Ich geh wieder.«

Hannelore wandte sich um. »Hast du etwas gegessen? Im Kühlschrank wäre, glaube ich, doch noch ein Kassler gewesen, das hättest du dir warm machen können.«

»Danke. Ich hab keinen Hunger.« Er warf einen Blick auf den Karton, der auf der Staffelei stand und eine Gruppe Reiter in vollem Galopp zeigte. »Das sieht verdammt gut aus«, sagte er voller Überzeugung.

»Es ist ja noch nicht fertig«, erwiderte Hannelore schmallippig.

»Aber man kann schon erkennen, wie es wird. Wiedersehen, mein Schatz!« Er ging zu ihr hinüber, hauchte ihr einen Kuss aufs Haar und verließ das Atelier.

Als die Wohnungstür ins Schloss gefallen war, sagte Hannelore zu sich selbst: »Was bist du bloß für ein unmögliches Weib!«, fügte aber gleich hinzu: »Aber er ist ja selber schuld.«

Bienzle war kein besonders guter Autofahrer, schon gar nicht bei Nacht und solchen Wetterverhältnissen. Die Scheibenwischer hatten es schwer, die Wassermassen beiseite zu schaffen. Diesmal nahm er gleich die Schnellstraße. Und er fuhr so, dass er von den meisten anderen Verkehrsteilnehmern überholt wurde. Sogar von manchen Lastwagen. Aber das störte ihn nicht. Die Zeiten, da sein Ehrgeiz durch solche Situationen herausgefordert wurde, waren lange vorbei.

Als er den Gasthof in Felsenbronn betrat, war es schon kurz nach zehn Uhr. Es waren nur noch wenige Gäste da. Die rothaarige Wirtin empfing ihn: »Die Küche ist natürlich zu, aber ich hab noch ein Ripple im Kühlschrank, das könnte ich Ihne schnell warm mache.« – Ein Ripple war das, was Hannelore ein Kassler nannte.

Bienzle sagte: »Das wär echt prima!«, sah sich in der Wirtschaft um und entdeckte an einem Ecktisch den Tierarzt Dr. Schmiedel.

»Ist es gestattet?«, fragte der Kommissar und setzte sich, ohne auf die Antwort des Veterinärs zu warten. Schmiedel hob sein Rotweinglas und prostete Bienzle zu. Als er das Glas absetzte, sagte er: »Das Fleisch war mit Insektiziden vergiftet. Das Tier muss elend gelitten haben.«

Bienzle nickte. »Ich werde nie vergessen, wie der Astor mich angeschaut hat. Er hat ja wahrscheinlich gemeint, ich könnt ihm helfen.«

»Also ob so ein Hund was meint …?« Der Tierarzt drehte die Hände hin und her.

Die Wirtin brachte Bienzle ein Henkelglas mit einem dunkelrot schimmernden Spätburgunder aus Nordheim.

»So eine Wirtin lob ich mir, die weiß, was der Gast will, auch wenn er gar nix g'sagt hat«, meinte Bienzle.

»Ja, isches net recht? Dann nehm ich's wieder mit«, schnappte die Wirtin.
»Im Gegenteil. Das war ein ernst gemeintes Lob«, erwiderte Bienzle und nahm einen kräftigen Schluck. Zufrieden kehrte die Wirtin in ihre Küche zurück.
»Der Mensch, der den Hund vergiftet hat, ist wahrscheinlich in Paul Autenrieths Herrenzimmer eingebrochen, obwohl es polizeilich versiegelt war«, sagte Bienzle.
»Und? Hat er gefunden, was er gesucht hat?«
»Ich hab ja net amal eine Ahnung, wer es war.« Aber Bienzle dachte dabei doch an die Halbbrüder. Der Mann in dem langen Mantel und mit dem breitkrempigen Hut war klein und gedrungen gewesen. Das war Alexander Autenrieth nicht. »Sind Sie eigentlich mal dem Karl Meiler begegnet?«, fragte Bienzle.
Dr. Schmiedel schüttelte den Kopf. Bienzle stand auf, stapfte zum Tresen und stieß dahinter die Schwingtür zur Küche auf. Luise Hertter räumte die Geschirrspülmaschine aus und trocknete die Gläser mit einem Handtuch nach.
»Holderliesel, wie groß ist der Karl Meiler?«
»Kaum größer als ich. Warum? Wo kommst du denn jetzt auf einmal her?« Das alles sagte Luise Hertter in einem Atemzug.
»Ich bin schnell in Stuttgart gewesen. Übrigens, der Meiler ist in der Gegend. Zurzeit wohnt er bei seinem Bruder in Tübingen.«
»So, so!«
»Du hast das gewusst«, sagte Bienzle grimmig.
»Und wenn scho. Ich weiß viel und schwätz net drüber.« Sie band sich die Schürze ab und hängte sie an einen Haken auf der Rückseite der Tür.

Bienzle kehrte an den Tisch zurück. Der Tierarzt sagte: »Der Mensch, der den Astor vergiftet hat, muss den Hund gehasst haben. Er hätt ihm ja einfach gut zureden können und wäre auch so unbemerkt ins Haus gekommen. So ein toller Wachhund war der Astor nicht.«
Bienzle nickte. Er dachte daran, wie schnell er selbst Freundschaft mit dem Rüden geschlossen hatte. Plötzlich fiel ihm ein, wie Langlott ein paar Schritte zurück gemacht und nach seiner Waffe gefasst hatte, als der Hund bei ihrem ersten Besuch auf dem Autenrieth-Hof auf sie zu gerannt kam.
»Woran denken Sie?«, fragte Dr. Schmiedel.
»Daran, wie viele Leute irgendwie mit dem Autenrieth verbandelt waren. Mein Kollege Kurt Langlott zum Beispiel ...«
Schmiedel lachte. »Ja, der hat sich ja seinerzeit tatsächlich Hoffnungen gemacht.«
»Ach, Sie kennen die Geschichte?«
»Neben dem Pfarrer ist der Tierarzt normalerweise der bestinformierte Mann in so einem Dorf, sogar dann, wenn er homosexuell ist.«
»Hätte der alte Autenrieth den Langlott denn als Schwiegersohn akzeptiert?«
»Ich glaube schon. Kurt Langlott ist eine Amtsperson und hätte ihm in mancherlei Fällen nützlich sein können. Außerdem ist er von Haus aus nicht schlecht gestellt.«
»Ja, das hat er mir gesagt: Ganz mittellos sei er schließlich auch nicht.«
»Die Familie Langlott hat eine Textilfabrik in Albstadt gehabt. Die gehört zwar längst einem großen Modemacher in Metzingen, aber der Verkaufspreis soll beträchtlich gewesen sein.«

»Was Sie alles wissen!«
»Ich betreue die Pferde der Familie Langlott. Der Bruder unseres Polizeichefs ist übrigens nach wie vor Geschäftsführer in der Fabrik. Und kein schlechter, wie man hört.«

Es war schon fast Mitternacht, als Bienzle in sein Gasthofzimmer kam. Eigentlich hätte er mit dem Tag zufrieden sein können. Er hatte herausgekriegt, dass Paul Autenrieths unehelicher Sohn schon seit einer Woche im Land war – ein Mann, der vermutlich mehr als jeder andere ein Motiv dafür hatte, den alten Bauern umzubringen. Er war dahinter gekommen, dass Kurt Langlott bei weitem nicht so unbedarft war, wie er tat. Und er hatte eine Staatsanwältin kennen gelernt, die er auf Anhieb mochte.
Aber was war das alles gegen die Tatsache, dass zwischen ihm und Hannelore plötzlich eine Fremdheit zu spüren war, die er bisher nicht wahrgenommen hatte. Das machte ihn zutiefst unsicher. Er brauchte die Geborgenheit ihrer Beziehung. Die stillschweigende Vertrautheit zwischen ihr und ihm hatte Bienzle immer eine Sicherheit gegeben, ohne die er – das spürte er jetzt sehr genau – nicht handlungsfähig war. Das musste Hannelore doch auch spüren. Sie sagte doch immer, dass sie viel besser wisse, was in ihm vorgehe, als er. Der Gedanke brachte ihn sofort wieder gegen sie auf. Er hielt das für falsch, ja sogar für anmaßend, dass sie behauptete, sie kenne ihn besser als er sich selbst.
In dieser Nacht fand er lange keinen Schlaf.

Vierter Tag – Dienstag

Der Dauerregen hatte aufgehört. Aber noch immer hing ein diffuser grauer Himmel tief über Felsenbronn. Bienzle war an das Fenster seines Zimmers getreten und hatte beide Flügel weit aufgerissen. Er machte ein paar halbherzige Kniebeugen. Zwanzig hatte er sich vorgenommen. Bei acht stoppte er seine sportlichen Bemühungen und ging ins Bad. Das Gesicht, das ihn aus dem Spiegel ansah, gefiel ihm nicht. Unter den Augen hatten sich in letzter Zeit Tränensäcke gebildet. Seine Haut war bleich, aber über den Wangenknochen hatte sie sich dunkelrot verfärbt. Er schnitt sich eine Grimasse, rasierte sich flüchtig und gurgelte mit Mundwasser.

Als er das Lokal betrat, das auch als Frühstücksraum diente, saß dort schon der junge Ortspfarrer. Bienzle fiel plötzlich ein, dass er den Geistlichen nie nach seinem Namen gefragt hatte. Aber der hatte es auch nicht für nötig befunden, sich vorzustellen. Das empfand er als genauso unhöflich wie die Tatsache, dass der Schwarzkittel ihm nun schon die Frühstückslaune verdarb.

»Guten Morgen«, knurrte Bienzle und setzte sich an seinen Tisch. »Dass Sie hier sitzen, bedeutet ja wohl, dass Sie etwas von mir wollen – außer Ihrem Regenschirm.«

»Schlechte Laune?«, fragte der Pfarrer und machte dabei ein fröhliches Gesicht.

»Ja«, beschied ihn Bienzle knapp.
»Das ist bei mir anders. Paul Autenrieth, Gott habe ihn selig, hat uns 30 000 Euro vermacht.«
»Vermacht oder vererbt?«
»Er hat uns das Geld noch zu Lebzeiten zukommen lassen. Ich hab die Kontoauszüge gestern bekommen. Er hat die Summe übrigens bar auf unser Konto einbezahlt.«
Bienzle belegte ein halbes Brötchen mit drei Scheiben Rauchfleisch und biss hinein.
»Ich dachte, dass Sie das interessieren würde«, sagte sein Gegenüber.
»Warum?«, fragte Bienzle mit vollem Mund.
Der junge Geistliche machte eine unbestimmte Geste, und plötzlich wurde Bienzle klar: Der Mann wollte ihm etwas mitteilen. Etwas, worüber er nicht reden konnte. Aufmerksam sah er in die Augen des Pfarrers. »Paul Autenrieth wollte etwas wieder gutmachen?«
»Welche Schlüsse Sie daraus ziehen, ist Ihre Sache.«
Bienzle nickte. »Ich weiß noch nicht mal Ihren Namen«, sagte er nach einer kurzen Pause.
»Martin Romero.«
Bienzle verschluckte sich. »Im Ernst?«, brachte er mühsam hervor.
»Meine Familie stammt aus Italien. Wir sind aber seit drei Generationen in Deutschland. Das ist auch der Grund, warum ich nicht Giovanni oder Francesco heiße.«
Immerhin trank er nicht normalen Kaffee, sondern, wenn Bienzle das richtig sah, einen doppelten Espresso. Jede Dorfkneipe, die etwas auf sich hielt, hatte heutzutage eine Gaggia-Maschine hinter dem Tresen, die einen ohrenbetäubenden Lärm machte, wenn der Dampf durch das Kaf-

feepulver gepresst wurde. Man trank jetzt auch allüberall Kaffeegetränke, die irgendetwas mit »Macchiato« hießen. Bienzle dagegen hatte es sich in letzter Zeit angewöhnt, nachmittags und abends einen Cappuccino zu bestellen, weil er wusste, dass der Kenner den nach zwölf Uhr mittags nicht mehr zu sich nahm und weil er sich die überheblichen süffisanten Mienen mancher Leute geradezu mit Genuss anschauen konnte, immer in der Überzeugung, dass sie sich dadurch als in der Wolle gefärbte Arschlöcher erwiesen. Manchmal freilich gab er sich auch selbst Rechenschaft darüber, dass er vielleicht dadurch arroganter war als die anderen.

Bienzle sagte: »Ich glaube, wenn ich alles wüsste, was Sie wissen, könnte ich den Fall innerhalb kürzester Zeit lösen.«

Der Geistliche nickte. »Das ist möglich.«

»Irgendwann werden es die Polizeichefs erreichen, dass man eure Beichtstühle abhören darf!« Der Pfarrer starrte den Kommissar so entsetzt an, dass der begütigend abwinkte und meinte: »Dann würde freilich auch keiner mehr etwas beichten, was uns nützen könnte.«

Das Gesicht Romeros entspannte sich ein wenig. Jetzt beugte er sich weit über den Tisch. »Ich sollte Ihnen vielleicht noch sagen – und das fällt zum Glück nicht unters Beichtgeheimnis –, gestern Abend wurde ich angerufen und gefragt, ob die 30 000 angekommen seien.«

»Von wem wurden Sie angerufen?«

»Keine Ahnung.«

»Mann oder Frau?«

»Kann ich nicht sagen.«

Bienzle erinnerte sich: »Da war schon mal eine Stimme,

die man nicht so richtig zuordnen konnte. Das war, als der Tod Autenrieths gemeldet wurde. Da sagte diese Stimme zu meinem Kollegen Langlott: ›Jetzt hat er, was ihm g'hört!‹ Ich habe Langlott genau wie Sie grade eben gefragt: ›Mann oder Frau?‹ Und er hat geantwortet: ›Es gibt doch so Stimmen, wo man des net genau weiß.‹«
Der Pfarrer nickte. »Irgendwie kam mir die Stimme sogar bekannt vor, aber ich kann sie niemandem zuordnen.«

Die rothaarige Wirtin brachte die Spiegeleier und stellte sie vor Bienzle auf den Tisch. »Die Frau Autenrieth hat angerufen, ob Sie nochmal bei ihr draußen vorbeikommen könnten.«
»Ja, mach ich. Danke!«
Er sah den Geistlichen an. »Bitte, versuchen Sie sich zu erinnern. Das muss dieselbe Person gewesen sein.«
»Warum?«
»Der Anrufer oder die Anruferin war zumindest in alles eingeweiht. Aber wahrscheinlich hat er oder sie Autenrieth gezwungen, das Geld zu bezahlen, und hat ihn danach dennoch umgebracht. Da gibt es eine Parallele.«
»Eine Parallele«, der Pfarrer fuhr mit dem Zeigefinger in seinen weißen Priesterkragen, als ob er ihm plötzlich zu eng geworden wäre.
»Ja, den Fall Otto Köhnlein. Er hat eine junge Frau geschwängert, sie danach als Hure denunziert und fünf Freunde beigeschafft, die behauptet haben, sie alle könnten auch die Väter sein. Sylvia Zimmermann hieß die junge Frau, der er die Ehe versprochen hatte, obwohl er nie daran dachte, dieses Versprechen zu halten. Sie hat 70 000 Mark von ihm erhalten – das war noch vor der Eurozeit. Tags darauf

war Köhnlein tot. Er hatte einen Verkehrsunfall. Laut Akte bei einem Blutalkoholwert von 2,4 Promille.«
Pfarrer Romero schauerte. »Ich kann Ihnen dazu nichts sagen.« Er stand abrupt auf. »Ich wünsche Ihnen noch einen angenehmen Tag und Gottes Segen.« Damit ging er rasch hinaus.
Die Wirtin trat an Bienzles Tisch. »Das war jetzt auch das erste Mal, dass der unsere Wirtschaft betreten hat.«
»Da können Sie mal sehen, was ich für eine segensreiche Wirkung hab«, sagte Bienzle.

Als er den Gasthof verließ, überlegte er sich, ob es nicht richtig wäre, Langlott mit auf den Autenrieth-Hof zu nehmen. Vielleicht wäre es gar nicht so falsch gewesen, einen Zeugen dabei zu haben. Aber dann entschloss er sich doch, alleine zu fahren.
Der Himmel wurde jetzt heller. An manchen Stellen rissen die grauen Wolken auf. Aber wer wusste, wie lange es so bleiben würde. Er hatte keinen Wetterbericht gehört. Wie immer, wenn Bienzle an einem Fall arbeitete, kümmerte er sich nicht um die Nachrichten. Ihn interessierte dann nichts außer seinen Ermittlungen. Manchmal hatte er danach einen enormen Nachholbedarf. Er verlangsamte das Tempo. War es nicht das, was er Hannelore vorwarf?

Gottlieb rechte Laub zusammen. Wind und Regen hatten die Blätter fast vollständig von den hohen Bäumen im Garten des Bauernhofs geholt. Unter einem großen Kastanienbaum, um den eine Bank herumlief, schichtete der Knecht das Laub zu einem großen Haufen auf. Früher, als es auf dem Hof noch Gesinde gab, wie Gottlieb das ausdrückte,

mochten die Knechte und Mägde an schönen Sommertagen hier nach Feierabend gesessen und geredet, vielleicht auch gesungen oder gestritten haben.
»Guten Morgen«, grüßte Bienzle.
Gottlieb nickte ihm zu und fragte: »Weiß man denn jetzt, wann die Beerdigung endlich ist?«
»Ich werde nachfragen«, gab der Kommissar zurück und ging auf das Haus zu.
Auf der Treppe stand Ariane Autenrieth. Bienzle empfand es plötzlich als Versäumnis, dass er mit der Tochter des Hauses noch nicht ausführlich gesprochen hatte. »Ihre Mutter hat nach mir geschickt«, sagte er, »aber mit Ihnen würde ich auch gern noch reden.«
»Tut mir leid, ich muss weg!«, gab Ariane Autenrieth kurz angebunden zurück.
Bienzle ließ sich seine Verärgerung nicht anmerken. »Wo erreiche ich Sie im Lauf des Tages?«
»In Gomadingen. Ich muss mich um meinen Mann kümmern. Dem geht es nicht gut.« Sie reichte Bienzle eine Visitenkarte. »Aber rufen Sie vorher an!«
Bienzle steckte die Karte ein und betrat das Haus, ohne Ariane Autenrieth weiter zu beachten. Er stieg die breite Stiege in den ersten Stock hinauf und fand Rose Autenrieth in der Küche. Sie räumte Geschirr in einen Schrank und bemerkte den Kommissar erst, als der gegen den Türbalken klopfte. »Sie wollten mich sprechen?«
»Ja!« Ihre Züge wirkten noch strenger als bei ihrer letzten Begegnung. »Ich verbitte mir, dass Ihre Leute weiter hier rumschnüffeln.«
»Entschuldigen Sie, aber das ist normale Ermittlungsarbeit«, sagte Bienzle.

»Trotzdem!«
»Wovor fürchten Sie sich denn?«
»Fürchten? Ich?«
Bienzle ging zum Fenster, blieb dort mit dem Rücken zur Küche stehen und sagte: »Ich mache meinen Beruf seit vierunddreißig Jahren. Da sammelt man eine gewisse Erfahrung. Leute, die so reagieren wie Sie, haben in aller Regel etwas zu verbergen.«
»Das ist ja unerhört.«
Bienzle fuhr herum: »Haben *Sie* Ihren Mann umgebracht?«
»Was?«
»Er ist nicht gut mit Ihnen umgegangen. Ihr Leben sei ein Martyrium gewesen, haben verschiedene Leute ausgesagt. Und Sie selbst haben in meinem Beisein gesagt, Sie hätten sich auch noch ein paar schöne Jahre als Witwe vorgestellt. Einmal kommt bei Menschen, die unter anderen leiden müssen, immer der Punkt, wo sie nur noch einen Ausweg sehen.« Bienzle ließ Frau Autenrieth nicht aus den Augen.
»Sie versündigen sich!« Die Bäuerin stand sehr aufrecht da. Das Kinn nach vorne gereckt, die rechte Hand in die Hüfte gestützt.
»Sie haben ihm nie den Tod gewünscht?«
»Darauf antworte ich nicht. Aber ich bin eine gläubige Katholikin. Ich könnte nicht einmal Hand an mich selber legen, obwohl ich mir oft und oft gewünscht habe, dass ich es könnte!«
Bienzle räusperte sich. Er hätte der Frau gerne gesagt, wie sehr sie ihm in diesem Augenblick imponierte. Stattdessen sagte er: »Ich werde versuchen, dass Sie so wenig wie mög-

lich belästigt werden. Aber Sie werden verstehen, dass wir unsere Arbeit machen müssen.«
Sie antwortete ihm nicht darauf. Bienzle wartete noch einen Moment und ging dann hinaus.
Gottlieb lud das Laub mit einer Gabel auf den Anhänger eines kleinen Traktors, als Bienzle aus dem Haus trat. »Das Wetter wird besser«, sagte der Knecht. Bienzle schaute zum Himmel hinauf. Tatsächlich verzogen sich die grauen Wolken. Die Sonne kam just in diesem Moment zum Vorschein.
Bienzle ging durch den weitläufigen, parkähnlichen Garten und setzte sich auf eine Bank unter einem alten Nussbaum. Er nahm sein Mobiltelefon aus der Jackentasche und wählte die Nummer des Chefs der Spurensicherung in Sigmaringen.
»Ich hab auch schon versucht, Sie zu erreichen«, sagte Hauptkommissar Leitner. »Verschwunden sind eindeutig zwei Kalender aus den Jahren 2002 und 2003. Paul Autenrieth hatte seine Kalender archiviert, und wir haben sie bei unserer ersten Durchsuchung Stück für Stück in unsere Listen aufgenommen. Und zur Sicherheit haben wir Stichproben kopiert. Die Zeit hat nicht gereicht, die Kalender komplett zu kopieren. Aber wir waren sicher, dass da nichts passiert. Der Raum war ja versiegelt.«
Bienzle schenkte es sich, drauf hinzuweisen, dass in zwei von drei Fällen die Polizeisiegel erbrochen werden.
Der Kollege in Sigmaringen sagte: »Wir sind ab elf Uhr nochmal in Felsenbronn. Treffen wir uns auf der Wache?«
»Ja, machen wir!« Bienzle schaltete das Handy ab.
Gottlieb kam vorbei, und Bienzle fragte: »Sind Sie katholisch?«

»Ja freilich!«
»Ich nicht. Aber mich würde interessieren: Wenn ich katholisch wär und meinem Pfarrer etwas ganz heimlich mitteilen wollte, würde ich ihn dann anrufen?«
»Noi, Sie bräuchten ja nur zur Beichte gehe. Alles, was dort gesprochen wird, bleibt hoch und heilig ein Geheimnis.«
Also war der Anrufer oder die Anruferin evangelisch, dachte Bienzle. Wie viele Protestanten außer seiner Tante Gerlinde gab es wohl in Felsenbronn?
Er beschloss, diese Frage erst einmal zurückzustellen.
Als er das Anwesen der Autenrieths verließ, stand ein kleiner gedrungener Mann neben seinem Dienstwagen. Er war schätzungsweise fünfunddreißig Jahre alt, trug schwarze Jeans, eine graue Windjacke und eine Schirmmütze mit der Aufschrift University of Columbia. »Hi«, sagte er, als Bienzle auf seiner Höhe war.
»Lassen Sie mich raten«, sagte Bienzle, »Karl Meiler?«
»Exakt!«
»Waren Sie gestern schon einmal hier?«
»Gestern? Nein. Warum?«
»Besitzen Sie einen breitkrempigen schwarzen Hut und einen langen dunklen Mantel?«
»Kann sein. Drüben in Amerika, aber nicht hier. Sonst noch Fragen?«
»Viele! – Die wichtigste: Wo waren Sie am letzten Freitag zwischen achtzehn und zweiundzwanzig Uhr?«
»Hier in Felsenbronn.«
Bienzle war bemüht, sich seine Erregung nicht anmerken zu lassen. Er musterte den Mann. Er war vermutlich nicht größer als 1,68 Meter, und man sah ihm an, dass er wohl ein sehr aktiver Bodybuilder war.

»Und? Was haben Sie hier gemacht?«
»Es ist lange her, dass ich in Felsenbronn war. Ich bin herumgelaufen, habe alles, was ich gesehen habe, mit meinen Erinnerungen verglichen und war, ehrlich gesagt, einigermaßen enttäuscht.«
»Warum?«
»Es hat sich vieles verändert, und das, was neu ist, ist nicht unbedingt gut!«
Bienzle wunderte sich, dass Karl Meilers Deutsch durchgängig einen leichten amerikanischen Akzent hatte. »Wann sind Sie denn weg aus Deutschland?«
Meiler grinste. »Ich weiß, ich habe einen Akzent. Dabei kann ich sogar noch ganz gut Schwäbisch. ›A grea agschtriches Gardedörle‹ zum Beispiel oder ›Mascht Moscht, wenn d' Moscht mascht, mascht au mi‹. Na, was sagen Sie?«
Bienzle war es nicht nach Spielereien zumute. »Sie waren also am letzten Freitag hier, als Ihr Vater umgebracht wurde.«
»Ja!«
»Haben Sie ihn getötet?«
»Nein!«
»Wären Sie es gerne gewesen?«
Karl Meiler starrte Bienzle an. »Das ist eine verdammt gute Frage, Kommissar!«
»Und die Antwort?«
»Ich glaube nicht. Er war immerhin mein Vater!«
»Aber er hat Ihre Mutter in den Tod getrieben.«
»Das ist auch wahr.«
»War Ihr Bruder mit, als Sie Freitag hier waren?«
»Sie meinen Alexander?«
»Haben Sie sonst noch einen Bruder?«
»Nein, Sie haben Recht!« Karl Meiler grinste.

»Sie hätten es gemeinsam tun können. Kollektivmorde sind gar nicht so selten. Es fällt leichter, so eine Tat gemeinsam zu begehen.«

»Ja, das wird wohl so sein!«

Die Sicherheit, die der junge Mann ausstrahlte, ärgerte Bienzle. »Sie haben also ein Alibi, das Ihnen Ihr Halbbruder gibt, und Sie geben ihm ein Alibi. Sie wissen, dass jeder Staatsanwalt so eine Konstellation in einer Minute in der Luft zerreißt.«

»Wir waren nicht die ganze Zeit zusammen. Alexander wollte seine Mutter besuchen, und ich wollte zu einer alten Bekannten …«

»Draußen im Holderbusch?«

Karl Meiler starrte den Kommissar verblüfft an. »Ja!«

»Sie wollten zu Luise Hertter. Aber sie war nicht da.«

»Genau!«

»Sie hilft in der Küche im Adler, wenn dort Hochbetrieb ist oder wenn ein Fest vorbereitet werden muss. Am Samstag war im Adler eine große Geburtstagsfeier«, sagte Bienzle.

»Jedenfalls habe ich Luise nicht angetroffen«, entgegnete Karl Meiler.

»Was haben Sie dann gemacht?«

»Ich bin zum Autenrieth-Hof gegangen und habe dort vor dem Tor auf Alexander gewartet. Als er ewig nicht kam, bin ich über die Mauer gestiegen.«

»Ach ja?«

»Ja. Den Hund habe ich beruhigt. Ich kann sehr gut mit Hunden umgehen. Im Winter war ich ein paar Mal in Alaska bei Hundeschlittenrennen dabei. Und gemessen an einem wilden Husky ist der Mischling auf dem Hof ein sanftes Kätzchen.«

Bienzle lächelte. »Ja, Astor war ein gutmütiges Tier.«
»War? Hat man ihn eingeschläfert nach dem Tod seines Herrn?«
»Man hat ihn auch ermordet.«
»Was??«
»Vergiftet, ja!«
»Armes Tier!«
Bienzle hatte nicht das Gefühl, dass Karl Meiler wirklich betroffen war. »Sie sind also über die Mauer gestiegen und haben den Hund beruhigt ...«
»Die hätten sowieso nicht gehört, dass er angeschlagen hat, so laut haben sie sich angeschrien.«
»Wer?«
»Alexander und Ariane!«
»Und die Mutter? – Frau Autenrieth?«
»Die war nicht zu Hause. Ich bin dann rein zu den beiden. Das war überhaupt das erste Mal in meinem Leben, dass ich dieses Haus betreten habe.«
Bienzle und Karl Meiler standen immer noch links und rechts von dem Dienstwagen mit der Sigmaringer Nummer und unterhielten sich über das Dach des Autos hinweg. »Weiter!«, sagte Bienzle.
»Ich hatte Ariane vorher nur einmal gesehen. Da war sie sechzehn oder siebzehn Jahre alt und ein verdammt hübsches Girl. Aber jetzt ...!«
»An keinem geht die Zeit spurlos vorüber«, sagte Bienzle und dachte an seine Begegnung mit sich selbst am Morgen vor dem Spiegel im Badezimmer.
»Trotzdem«, sagte Meiler.
Bienzles Blick fiel auf das Tor. An einer der Säulen lehnte Gottlieb, der sie ganz offensichtlich beobachtete. Vermut-

lich konnte er auch alles hören, was zwischen ihnen beiden gesprochen wurde.
»Sind Sie zu Fuß da?«, fragte Bienzle Karl Meiler.
»Ja.«
»Ich nehme Sie mit ins Dorf. Ich muss sowieso zur Polizeiwache. Und dann machen wir aus dem Gespräch eine Vernehmung.« Bienzle war es, als müsste er sich selbst zur Ordnung rufen.
»Ja, aber gern«, sagte Karl Meiler und lächelte offen.

Der Kollege von der Sigmaringer Spurensicherung war noch nicht da, als Bienzle und Karl Meiler den Polizeiposten betraten. Langlott bot sich an, einen Kaffee zu kochen. Bienzle und Meiler verzogen sich in ein zurzeit nicht benutztes Büro und nahmen vor und hinter einem Schreibtisch Platz. Bienzle wollte keine Zeit verlieren. »Worüber haben sich Ihre beiden Halbgeschwister gestritten, als Sie in das Haus eindrangen?«
»Ariane hatte wohl erfahren, dass Paul Autenrieth ...«
»Ihr Vater ...«
»Lassen Sie das doch! Also Ariane hatte erfahren, dass er kurzfristig größere Summen abgehoben hatte.«
»Von wem hat sie das erfahren?«
»Ich nehme an, sie hat exzellente Kontakte zum Filialleiter der Sparkasse. Jedenfalls würde das zu ihr passen.«
»Kann ich mir vorstellen«, sagte Bienzle.
»Ariane hatte wohl Angst, dass er auf seine alten Tage nochmal was mit einer neuen Frau anfängt und dass die ihm so nach und nach das ganze Geld abzockt.«
»Aber was hätte Alexander dagegen machen sollen?«
»Frau Autenrieth sprach schon lange nur noch mit ihrem

Sohn. Ariane wollte erreichen, dass Alexander die Mutter beeinflusste, endlich gegen den alten Paul aufzustehen. Aber Alexander weigerte sich strikt. Das war für Ariane völlig neu. Das kannte sie nicht, dass er widersprach und eine eigene Meinung hatte. Sie wurde immer ausfälliger, bis ich es nicht mehr aushielt und die Tür aufriss und sie anschrie: ›Halt doch endlich den Mund‹ … also, wenn ich ehrlich bin, ›Mund‹ habe ich nicht gesagt.«
Bienzle ging nicht darauf ein. »Wissen Sie, wo Frau Autenrieth um diese Zeit war?« Aber während er das sagte, dachte er: Ariane Autenrieth hat gelogen. Sie war nicht zu Hause und hat ferngesehen, wie sie mir gegenüber behauptet hat.
»Ich habe Alex gefragt. Er meinte, sie sei wohl in der Kirche. Beim Frauenkreis.«
»Am Ende war keiner dort, wo er behauptet, gewesen zu sein«, sagte Bienzle mit finsterer Miene und stand auf. »Ich denke, wir sprechen uns noch.«
Auch Karl Meiler stand auf. »Es wird mir ein Vergnügen sein!«
Sie gingen hinaus und verabschiedeten sich an der Tür per Handschlag.
Hauptkommissar Leitner kam wenige Minuten später. Bienzle bat ihn in das unbesetzte Büro, in dem er auch das Gespräch mit Karl Meiler geführt hatte.
Langlott sagte: »Sollte ich nicht dabei sein?«
Überraschend sagte Leitner: »Ich glaube nicht, dass das gut wäre.«
Kurt Langlotts Blick flackerte. Plötzlich standen Schweißtropfen auf seiner breiten Stirn. »Ja aber …«, stotterte er, »ich meine, es sind … äh …, es sind doch auch meine Ermittlungen.«

Bienzle winkte ab. »Wenn ich Sie brauche, melde ich mich.« Er schloss die Tür hinter sich und wies auf den Stuhl, auf dem bis vor wenigen Minuten noch Karl Meiler gesessen hatte.
»Wir haben den Eichenstock übrigens gefunden«, sagte Leitner. »Er lag etwa hundert Meter von der Absturzstelle halb im Hang. Offenbar ist er von oben hinabgeschleudert worden. Ohne viel Kraft übrigens.«
»Und woher wissen Sie das?«
»Wir haben verschiedene Versuche gemacht. Bei den meisten Kollegen sind die Stöcke – vergleichbare natürlich – viel weiter geflogen. Nur eine junge Kollegin hat etwa die gleiche Distanz geschafft.«
»Tüchtig!«, sagte Bienzle. »Ich meine nicht die junge Kollegin, sondern Sie und Ihre Mannschaft. Irgendwelche Spuren an dem Stock?«
»Blutspuren und Hautpartikel. Sie werden in der Gerichtsmedizin grade abgeglichen.«
»Fingerabdrücke?«
»Nein. Nur Abrieb von schwarzen Wollhandschuhen.«
»Gut! Und jetzt zu Ihrem Fund in Paul Autenrieths Herrenzimmer.«
Leitner setzte sich und schob die Kopien der Kalenderauszüge über den Tisch. »Ich hab jetzt nur die mitgebracht, die aus den verschwundenen Kalendern von 2002 und 2003 herauskopiert sind.«
Bienzle warf einen Blick darauf, erschrak, zog die Kopien zu sich her, beugte sich darüber und sagte dann fast atemlos: »Das kann doch nicht sein!«
»Genauso habe ich auch reagiert«, sagte Leitner.
Bienzle ging zur Tür, riss sie auf und rief: »Langlott!«

Der örtliche Revierleiter konnte nicht weit von der Tür gewesen sein; denn er stand eine Sekunde später vor Bienzle.
»Kommen Sie rein!«, befahl der Kommissar.
Bienzle kehrte zum Schreibtisch zurück, setzte sich und hämmerte mit der Kuppe seines Zeigefingers auf den Kalenderkopien herum. »Was glauben Sie, wie oft steht Ihr Name in Paul Autenrieths Kalendern aus den Jahren 2002 und 2003?«
»Keine Ahnung!« Langlott knetete nervös seine Finger.
»Andere Frage: Was glauben Sie, wie oft steht eine Geldsumme hinter Ihrem Namen in den Kalendern?«
Langlott antwortete nicht darauf.
»Ich gebe Ihnen einen kollegialen Rat, Langlott! Beschönigen Sie nichts. Geben Sie alles zu. Der Schaden ist dann zwar immer noch groß genug, aber wir können versuchen, ihn klein zu halten.«
»Das hat nichts mit seinem Tod zu tun«, sagte Langlott schwach.
Bienzle ging nicht darauf ein. »Ich denke, Sie sind von Haus aus vermögend.«
»War ich mal, ja.«
»Und warum sind Sie's nicht mehr?«
»Ich glaube nicht, dass ich Ihnen das sagen muss.«
»Aber besser wär's!«, stieß Bienzle hervor.
Leitner meldete sich: »Immer noch das alte Problem, Kurt?«, fragte er Langlott freundlich. Der örtliche Polizeichef nickte nur. Leitner sagte zu Bienzle. »Die Spielbank in Konstanz!«
»Oh du liabs Herrgöttle von Biberach«, stöhnte Bienzle, »wie hent die d' Mucka verschissa! – Das auch noch!«
Langlott stand noch immer zwischen Tür und Tisch.

»Sie haben also auf der Gehaltsliste von Paul Autenrieth gestanden?«
»So kann man das nicht sagen.«
Bienzle ließ sich nicht beirren. »Und was mussten Sie dafür leisten?«
»Nichts. Ich musste nur etwas unterlassen.«
Bienzle starrte den jüngeren Kollegen ungläubig an. »Sie haben polizeiliche Erkenntnisse unterdrückt, muss ich das so verstehen?«
Langlott nickte nur.
»Raus mit der Sprache!«, herrschte Bienzle ihn an. »Jetzt muss alles auf den Tisch, je schneller, desto besser.«
Stockend zuerst, dann immer flüssiger, berichtete der stämmige Oberkommissar: Im Frühjahr 2002 hatte Paul Autenrieth in angetrunkenem Zustand mit seinem Daimler einen fünfjährigen Jungen angefahren. Langlott war zur Unfallstelle gerufen worden. Das Kind stand unter Schock, war aber nicht schwer verletzt. Autenrieth hatte Langlott beiseite genommen und ihm zugeflüstert, wenn er dafür sorge, dass der Unfall nicht weiter verfolgt werde, solle es nicht sein Schaden sein. Langlott hatte es dann in der Tat so hingebogen, dass Autenrieth nichts geschehen war. Im offiziellen Polizeibericht war zu lesen, dass das Kind unkontrolliert auf die Fahrbahn gelaufen sei. Autenrieth habe noch versucht auszuweichen – ohne Rücksicht auf seine eigene Gesundheit. Eine Alkoholprobe wurde nicht veranlasst. Das Kind wurde kurz beim Dorfarzt Dr. Klingbeil behandelt und konnte dann nach Hause gehen. Autenrieth hatte die Eltern und den kleinen Jungen drei Tage später besucht und ein Geschenk mitgebracht. Außerdem sei es dem Großbauern gelungen, den arbeitslosen

Vater bei einem Freund in Balingen wieder in Lohn und Brot zu bringen.

Langlott drückte das Kreuz durch, ruckte in den Schultern. »Ich wäre froh, wenn wir andere Fälle genauso zur Zufriedenheit aller Beteiligten hätten abschließen können.«

Bienzle starrte ihn ungläubig an. »Das ist jetzt aber nicht Ihr Ernst?«

»Doch, durchaus!«

»Gab es denn andere Fälle, die Sie so – sagen wir mal – ›unbürokratisch‹ abgeschlossen haben?«

Langlott schwieg.

Leitner sagte: »Das war also im März 2002?« Er zog die Kalenderkopien wieder zu sich her. »Danach hat es aber weitere Zahlungen gegeben.«

»Manchmal hab ich ihm halt noch nützlich sein können. Und manchmal hat er ja auch ohne Gegenleistung gezahlt.«

Bienzle verdrehte die Augen. »Erpressung nennen wir so etwas!«

»Nein. Das war bei Herrn Autenrieth eher Dankbarkeit.«

»Bei Autenrieth?? Wenn ich alles zusammennehme, was ich über diesen Mann gehört habe, dann war Dankbarkeit ein Fremdwort für ihn!«

Langlott hob die Schultern. »Ich sehe das anders.«

Bienzle stand auf. »Am besten, Sie schreiben ein umfassendes Geständnis und händigen es mir aus. Ich muss natürlich die Staatsanwältin und die Polizeiführung verständigen. Mein Gott, als ob hier net alles auch so schon schwierig genug wäre.«

Leitner sagte zu Langlott: »Sag amal, Kurt, bei all dem redest du, als ob gar nix B'sonders passiert wäre. Macht dir denn das gar nix aus?«

»Ich hab ja damit gerechnet, dass irgendwann einmal alles auffliegt. Aber bis dahin, hab ich immer denkt, hab ich längst in Konstanz den ganz großen Gewinn gemacht und bin auf Teneriffa oder auf Mallorca oder so.«

Bienzle, der schon zur Tür gegangen war, drehte sich noch einmal um. »Wo sind Autenrieths Kalender?«

Langlott zuckte die Achseln.

»Sie haben die gestern aus seinem Herrenzimmer gestohlen?«

»Wer sagt das?«

Bienzle machte ein paar schnelle Schritte auf Langlott zu, packte ihn an den Revers seiner Uniformjacke und schüttelte ihn. »Sie haben den Astor vergiftet, sind ins Haus eingestiegen, haben das Polizeisiegel aufgebrochen und die Kalender gestohlen, die Sie belasten. Auf die Idee, dass die Kollegen von der Spurensicherung Kopien gemacht haben könnten, sind Sie nicht gekommen.«

Bienzle stieß Langlott so heftig von sich, dass er rückwärts torkelte und unsanft auf einem Stuhl landete.

»Jetzt gib's halt zu«, sagte Leitner.

Langlott beugte seinen Oberkörper weit vor und ließ seine Stirn auf die Tischplatte sinken. »Ich hab ein Stück Fleisch über die Mauer geschmissen, in dem das Gift war …«

Das genügte Bienzle; sollte Leitner das alles zu Protokoll nehmen. Der Kommissar ging hinaus und schlug die Tür hinter sich zu. Vom Wachraum aus rief er die Staatsanwältin Anuschka Relinger an. Sie erklärte sich bereit, sofort nach Felsenbronn zu kommen. Die Polizeidirektion wollte sie persönlich informieren.

Bienzle bat darum, nicht dabei sein zu müssen. Er habe dringende Ermittlungen im Mordfall Autenrieth durchzuführen. Dann machte er sich auf den Weg nach Gomadingen.

Auf halber Strecke hielt er an, stieg aus. Er hatte das Gefühl, sich auslüften zu müssen. Der Blick ging frei über das weite, leicht geschwungene Land der Albhochfläche. Bienzle pflückte einen Apfel, der wohl bei der Ernte vergessen worden war, von einem Ast. Er biss herzhaft hinein, während er einen schmalen Weg zwischen den Streuobstwiesen entlangging. Als er ein zweites Mal in die Frucht beißen wollte, warf er einen Blick darauf. Ein Wurm krümmte sich aus seiner braunen Höhlung hervor und schien sich neugierig umzuschauen. Bienzle sagte leise: »Na, dich lassen wir noch a bissle leben«, legte den angebissenen Apfel ins Gras, kehrte zu seinem Auto zurück und setzte seine Fahrt fort.

Ariane Autenrieth wohnte mit ihrem Freund, dem ehemaligen Bauunternehmer Fritz Gadamer, an einem Südhang über Gomadingen. Von hier aus hatte man einen Blick weit über die Schwäbische Alb. Bienzle musste von der Straße eine gewundene Steintreppe durch einen gepflegten, terrassierten Vorgarten hinauf zur Haustür. Als er sie erreichte, öffnete Ariane Autenrieth. »Ich habe Sie kommen sehen.«

Sie traten in einen gut achtzig Quadratmeter großen Raum, der auf seiner Südseite von einer riesigen Panoramascheibe abgeschlossen wurde, die mit schwarzen Raubvogelsilhouetten beklebt war. »Schön haben Sie's hier«, sagte Bienzle.

»Ich möchte den Blick nicht missen«, antwortete Ariane.

Heute trug sie die Haare offen, was ihrem Gesicht einen schönen Rahmen gab, die Härte ihrer Züge aber nicht mildern konnte. »Wollen Sie Platz nehmen? Mein Mann ist beim Physiotherapeuten, und anschließend hat er noch einen Termin in der Klinik.« Ihre Hand wies auf eine ausladende braune Ledergarnitur vor der Fensterfront.

Bienzle blieb mitten im Raum stehen und sagte: »Sie haben mich angelogen. Warum?«

»Wie bitte? Was hab ich?«

»Am Freitagabend waren Sie nicht hier. Und Sie haben auch nicht ferngesehen. Sie waren in Ihrem Elternhaus in Felsenbronn. Ihre beiden Brüder haben das bestätigt.«

»Ich habe nur einen Bruder!«

»Jedenfalls gibt es zwei Zeugen dafür. Was haben Sie in Felsenbronn gemacht?«

»Ich wollte mit meinem Vater reden.«

»Und?«

»Ich war ein bisschen zu früh ..., dachte ich. Er war wie jeden Abend mit dem Hund unterwegs. Normalerweise ging er den Felsenweg oben am Rand der Schlucht bis zum Donaublick. Dort steht eine Bank, die er gestiftet hat.«

Bienzle nickte. Er kannte ja die Stelle.

»Meine Mutter war nicht da«, fuhr Ariane Autenrieth fort. »Ich nehme an, sie war wie immer am Freitag beim Frauenkreis im Gemeindehaus. In der letzten Zeit hat sie sich immer enger an die Kirchengemeinde angeschlossen.«

»War Ihr Bruder Alexander da schon im Haus?«

»Er kam kurz nach mir.«

»Sie waren nicht miteinander verabredet?«

»Wie kommen Sie darauf?«

Bienzle ging nicht auf ihre Gegenfrage ein, sondern sagte:

»Sie waren doch beunruhigt, weil Ihr Vater in den letzten Wochen und Monaten große Summen abgehoben hatte.«
Ariane schaute ihn überrascht an. »Woher wissen Sie das …? Ach so, natürlich. Alexander!«
»Nein, nicht Alexander! Karl!«
Ariane Autenrieths Augen wurden schmal. »Ja, der kam plötzlich auch noch und hat herumgeschrien. Aufgeführt hat der sich wie der letzte Mensch.«
Bienzle breitete die Arme aus. »Da hat sich eben einiges angestaut im Lauf der Jahre.«
»Mit welchem Recht?« Ariane wurde plötzlich laut. »Was maßt sich dieser Bankert an?«
Bienzle betrachtete die Frau mit Verwunderung. »Das können Sie sich nicht vorstellen?«
»Nein.«
»Kommen wir zum Freitagabend zurück. Karl und Alexander haben das Haus dann verlassen.«
»Ja.«
»Wann war das?«
»So gegen sieben Uhr.«
»Und Sie?«
»Ich hab noch eine halbe Stunde gewartet und ging dann auch los.«
»Wissen Sie, was ich mich frage?«
»Nein.«
»Warum hat Gottlieb mir das alles nicht erzählt?«
»Er war nicht da. Zumindest hab ich ihn nicht gesehen.«
»Und Sie wissen auch nicht, wo er war?«
»Das ist doch seine Sache. Ich hab mich nie groß um ihn gekümmert.«
»Sie mögen ihn nicht?«

»Er mag mich nicht. Er hat mich nie gemocht. Schon wie ich noch ein kleines Mädchen war, konnte er so gemein zu mir sein. Und wenn ich mich beschwert habe, haben meine Eltern immer ihm Recht gegeben.«

»Hört sich an, als ob Sie kein besonderes Verhältnis zu Ihren Eltern gehabt hätten.«

»Zu meinem Vater schon. Bis ich zum ersten Mal geheiratet habe.«

»Die Ehe hat nicht lange gedauert, nicht wahr?«

»Nein, nur zwei Jahre.«

»Und Ihr zweiter Mann, Sven Heckmann, ist auf ungewöhnliche Weise ums Leben gekommen.«

»Ja, aber da waren wir schon getrennt. Ich hatte erfahren, was er seiner ersten Frau angetan hatte. Schweinischer kann man sich nicht benehmen. Mir hat er den liebenden Ehemann vorgespielt. Aber ich wusste, dass er hinterhältig und absolut skrupellos war.«

»Und woher wussten Sie das?«

»Gottlieb hat es mir erzählt.«

»Der Knecht?«

»Ja!«

»Aber ich denke, der war nur drauf aus, Ihnen alles mögliche Böse zuzufügen.«

»Ja, was glauben Sie denn, in welchem Ton, mit welcher Häme er mir das alles aufgetischt hat?«

»Und woher wusste er so gut Bescheid?«

»Keine Ahnung. Aber als ich es nachgeprüft habe, hat alles gestimmt, bis aufs Haar.«

»Und dann musste Sven Heckmann sterben.«

»Ich hatte kein Mitleid mit ihm, das können Sie mir glauben.«

»Der Staatsanwalt, damals noch ein gewisser Dr. Neidlinger, verfügte, dass keine Anklage erhoben werden sollte, weil Heckmann nachweislich allein war, als er das Gift zu sich nahm. Ein Insektizid übrigens, das man in der Landwirtschaft verwendet. Er muss unheimlich qualvoll gestorben sein.«

»Ich sagte ja schon …«

»Ja«, unterbrach Bienzle Frau Autenrieth, »Ihr Mitleid hält sich in Grenzen. Aber waren Sie damals schon so hart, oder sind Sie es danach erst geworden?«

»Ich bin nicht hart. Ich habe nur gelernt, mich ganz auf mich alleine zu verlassen.«

»Seltsamerweise ist beim Tod Ihres Exmannes niemand auf die Idee gekommen, dass er ein Getränk zu sich genommen haben könnte, das schon lange vorher vergiftet worden war. – Wann ist er denn genau gestorben?«

»Ich denke, Sie haben die Akten gelesen.«

»Ja, aber mein Gedächtnis ist auch nicht mehr das beste. War da Langlott schon Polizeichef hier?«

»Es war im Sommer 2003.«

»Ja, dann war das schon in Langlotts Zeit.« Bienzle nickte, als ob grade eben alle seine Gedanken bestätigt worden wären. »Vielen Dank erst mal.«

»Keine Ursache«, sagte Ariane Autenrieth schmallippig.

Als sie für Bienzle die Haustür öffnete, sagte der Kommissar: »Ich möchte nur zu gerne wissen, woher der Gottlieb das alles gewusst hat.«

»Fragen Sie ihn.«

»Ja, das werde ich machen. Ist Ihnen eigentlich schon mal aufgefallen, was der für eine komische Stimme hat?«

»Da hab ich noch nie drüber nachgedacht.«

»Er krächzt manchmal so, und manchmal schnappt sie ihm so nach obe naus.«
Auf dem Rückweg machte Bienzle in Inzighofen Station, wo Dr. Neidlinger nach seiner Pensionierung ein Haus gebaut hatte. Auch dieses Haus stand am Hang, wirkte aber, gemessen an dem Prachtbungalow, in dem Ariane Autenrieth mit ihrem greisen Lebenspartner wohnte, äußerst bescheiden. Neidlinger öffnete selbst. Er war ein mittelgroßer fülliger Mann Ende sechzig mit einem rosigen Gesicht und kleinen flinken Augen. Es stellte sich heraus, dass er schon lebenslang Junggeselle gewesen war.
»Und dann«, sagte er lächelnd, »tut man sich auch im Herbst und Winter seines Lebens nicht mehr mit jemandem zusammen.« Die Einsamkeit mache ihm nichts aus. Er lachte kurz auf. »Mir haben schon im Kino die einsamen Männer im Wilden Westen immer am besten gefallen.« Er hatte Bienzle in eine gemütliche Sitzecke vor einem Kamin gebeten, wo ein kleines Feuer knisterte. Neidlinger ging zu einer gut bestückten Hausbar. »Gegen einen Whisky werden Sie ja wohl kaum was haben.«
»Einen ganz kleinen, bitte«, sagte Bienzle. »Ich muss noch fahren, und ich hab einen Dienstwagen!«
»Ich sage immer, man muss sich das Leben so bequem und angenehm wie möglich machen.« Neidlinger reichte Bienzle ein Glas.
Bienzle lächelte. »Ja, das habe ich bei Ihnen vermutet.«
Neidlinger hatte grade das Glas an die Lippen geführt und setzte es nun abrupt wieder ab. »Hoppla! Was will mir der Herr Kommissar damit sagen?«
»Im Fall Sven Heckmann haben Sie sich's tatsächlich für meinen Geschmack viel zu einfach und bequem gemacht.«

»Wieso?«
»Sie haben quasi sofort auf Selbstmord erkannt und die Akte geschlossen.«
»Ja? Finden Sie?« Alle Gemütlichkeit war aus Neidlingers Gesicht gewichen. »Wollen Sie damit sagen, dass ich nicht nach bestem Wissen und Gewissen entschieden habe?«
»Ich will damit gar nichts sagen.«
»Gut, dann sage ich Ihnen mal was, Herr Bienzle: Wenn mir die ermittelnden Polizeibeamten keinen überzeugenden Tatverdacht, keinen möglichen Täter, kein Motiv präsentieren und die Gerichtsmedizin unfähig ist nachzuweisen, wann und wie der Giftcocktail zusammengebraut wurde, wie soll ich da ein Verfahren eröffnen, zumal wenn weit und breit niemand da ist, der dem Toten eine Träne nachweint.« Er warf ein Holzscheit in das Kaminfeuer, dass die Funken aufstoben.
Bienzle nahm einen Schluck Whisky. »Vor dem Fall Heckmann gab es fünf weitere ungeklärte Todesfälle in Felsenbronn.«
Neidlinger nickte. »Ja, zwei fielen in meine Amtszeit, wenn man Heckmann dazu rechnet.«
Bienzle sagte: »Ich kenne bis jetzt den Fall Heckmann und den seltsamen Autounfall von Ottfried Köhnlein.«
»Der war schon 1998«, warf der ehemalige Staatsanwalt ein. »Das war vor meiner Zeit.«
»Dann bin ich noch dem Fall Sexauer begegnet«, sagte Bienzle, »das war der Automechaniker, der von seiner eigenen Hebebühne erschlagen wurde.«
»Ja, den habe ich bearbeitet. Der Sachverständige hat damals eine Manipulation nicht ausgeschlossen, aber er hat auch keine Beweise gefunden.«

»Ein zusätzliches Gutachten hat sich die Staatsanwaltschaft erspart«, meinte Bienzle.
»Das wären unnötige Kosten gewesen.«
»Sexauer hatte einen Firmenpartner, den er nachweislich auf gemeinste Weise um alles betrogen hat«, sagte Bienzle.
»Ja, das war uns bekannt. Und der hätte weiß Gott ein Motiv gehabt, aber als der Sexauer zu Tode kam, war sein früherer Partner schon seit über einem halben Jahr in der Heilanstalt Zwiefalten, geistig verwirrt und einem religiösen Wahn verfallen.«
Bienzle nickte: »Und die Frau des Mannes hatte sich selbst das Leben genommen. Man sagt, sie habe kurzfristig ein Verhältnis mit Sexauer gehabt.«
»Auf solche Gerüchte habe ich noch nie etwas gegeben«, sagte Neidlinger.
Bienzle nickte. Er erinnerte sich, dass der Tierarzt Dr. Schmiedel das Gleiche gesagt hatte, als er ihm die Geschichte erzählte.
»Kinder haben die zwei zum Glück nicht gehabt«, schob der ehemalige Staatsanwalt noch nach.
»Könnte es nicht irgendeine Person gegeben haben, die sich, sozusagen stellvertretend für das Ehepaar, an Sexauer rächen wollte?«
»Interessante Theorie.« Neidlinger ging zur Hausbar und füllte sein Whiskyglas neu. »Sie auch noch einen?« Sein Ärger schien verflogen zu sein.
Bienzle winkte ab. »Auch bei dem Mord an Autenrieth geht es um ein Opfer, das viel Hass auf sich gezogen hat. Aber die Leute, die Grund hatten, ihn zu hassen, haben ihn nach meinen bisherigen Ermittlungen nicht umgebracht.«
»Es gibt doch hier, wie in allen anderen Fällen, auch eine

durchaus natürliche Erklärung. Der Mann kann gestolpert sein.«

»Nein!«

»Nein?«

»Er hat einen Schlag in den Nacken bekommen. Mit einem Eichenast. Der Schlag war nicht tödlich, aber ausreichend, um ihn aus dem Gleichgewicht zu bringen.«

»Das ist neu.«

»Wir haben das Ergebnis auch noch nicht veröffentlicht.«

»Das meine ich nicht.« Neidlinger kippte den Whisky in einem Zug hinunter. »Neu ist, dass Sie tatsächlich auf eine absichtsvolle Handlung gestoßen sind, die möglicherweise zum Tod geführt hat. Wenn ich mich der Theorie anschließen würde, dass es in Felsenbronn so einen wie Django den Rächer gäbe, was ich, nebenbei bemerkt, für absoluten Unsinn halte ..., wenn ich mich aber dieser Theorie anschließen würde, dann hätte Django im Fall Autenrieth zum ersten Mal einen Fehler gemacht.« Der Exstaatsanwalt ging zur Hausbar zurück und sorgte für Nachschub. Bienzle fragte er diesmal nicht, ob er noch etwas trinken wolle.

»Sie haben also die Untersuchungen in den Fällen Sexauer und Sven Heckmann geleitet?«, nahm Bienzle den Faden wieder auf.

Neidlinger nickte. »Und den Fall Konrad Lauk habe ich sozusagen aus der Nachbarschaft beobachtet.«

»Konrad Lauk?«

»Der Mann ist im August 2001 in seiner eigenen Badewanne gestorben: elektrischer Schlag. Er hatte sich wohl die frisch gewaschenen Haare föhnen wollen, ohne aus der Wanne zu steigen. Der Föhn muss ihm aus der Hand gefallen sein.«

Bienzle schüttelte den Kopf. »Das geht doch heutzutage gar nicht mehr, dass dabei ein Stromschlag entsteht. Die Geräte sind gegen solche Unfälle geschützt.«
»Aber manchmal haben sie einen technischen Defekt, oder sie sind so alt, dass sie die Schutzfunktion nicht haben.«
»Und was war damals der Fall?«
»Beides!«
»Und da ist niemand auf die Idee gekommen, dass an dem Föhn manipuliert worden sein könnte?«
Neidlinger hob sein Glas. »Ich glaube nicht!«
Bienzle erhob sich. Er hatte nicht das Gefühl, hier noch etwas Wichtiges erfahren zu können. »Der Whisky war gut. Man könnt' sich direkt daran g'wöhne!« Der Kommissar verabschiedete sich, und er hatte nicht das Gefühl, dass Neidlinger es bedauerte.

Bienzle wusste, wenn er seine Tante Gerlinde nicht regelmäßig besuchte, während er in Felsenbronn war, würde sie ihm das ewig und drei Tage übel nehmen. Also klingelte er am späten Nachmittag bei ihr.
»Das wird aber Zeit, dass du endlich amal wieder vorbeikommst!«, sagte sie streng.
»Du weißt doch, dass ich vor Arbeit kaum aus de Auge naus gucke kann, Tante Gerlinde.«
»Ach was. So viel Zeit wird scho sei. Morge wär der Marmorkuche staubtrocke. Komm, setz dich her, ich mach einen Kaffee.«
Er setzte sich nicht, sondern folgte seiner Tante in die Küche. »Sag amal, der Konrad Lauk – hast du den gekannt?«
»Schaffst scho wieder?«
»Jetzt sag halt!«

»Ein Taugenichts und Tunichtgut war des. Weißt du, wie's in der Bibel heißt: ›Du sollst Vater und Mutter ehren.‹ Und das gilt, ob du evangelisch oder katholisch bist.«
»Also ich hab mir da nix vorzuwerfen«, antwortete Bienzle.
»Wer schwätzt denn von dir? Mir hents doch jetzt grad vom Konrad Lauk g'het!«
»Ach so. Und dem hat man da was vorwerfen können?«
»Entmündigen hat er sie lassen. Alle beide. Und dann hat er sie ins erbärmlichste Altersheim gesteckt, das es in unserer Gegend gibt! Dabei hent die Leut a Lebe lang schwer g'schafft und ein ansehnliches Vermöge erwirtschaftet. Wenn man bei der Geburt wüsst, dass a Kind amal so wird, müsst mr's auf der Stell ersäufe.«
»Komm, komm!«, sagte Bienzle.
»Na ja. Er hat ja dann kriegt, was ihm gehört. Und der Pfarrer hat dafür gesorgt, dass die alte Leutle menschenwürdig unterbracht worde sind.« Bienzle glaubte einen deutlichen Triumph in der Stimme seiner Tante gehört zu haben. »Sie habet dann noch fünf Jahr gut gelebt von ihrem Vermöge«, fuhr Gerlinde Bienzle fort, »und sind letztes Jahr kurz hinteranander g'schtorbe, wie das ja oft bei alten Ehepaaren ist.«

Der Marmorkuchen war auch jetzt schon viel zu trocken, aber Bienzle würgte ihn hinunter und spülte mit dem dünnen Kaffee hinterher, den ihm seine Tante gebraut hatte. Sie selbst trank Tee.
»Wie viele Evangelische gibt es hier in Felsenbronn?«, fragte Bienzle.
»Zwei Dutzend vielleicht. Mehr net!«

Bienzle stand auf. »Ich muss noch aufs Rathaus«, sagte er. »Aber morgen oder übermorgen schau ich noch amal rein.«
»Dann bringst aber a bissle mehr Zeit mit, gell!«, sagte seine Tante streng.
»Ich werd's versuchen.«

Bürgermeister Thomas Vogler trug einen grauen Anzug aus einem glatten changierenden Stoff und eine einfarbige rote Krawatte dazu. Die blonden Haare hatte er straff nach hinten gebürstet. Auf der Spitze seiner schmalen langen Nase saß eine Lesebrille, die an einem bunten Bändchen befestigt war, das er um den Hals trug. Das nervöse Zucken in seinem Augenwinkel schien heute noch heftiger zu sein als bei Gerlindes Geburtstagsfeier im Adler.
»Freut mich, dass Sie auch einmal bei mir vorbeischauen. Was machen Ihre Ermittlungen? Ich meine, als Bürgermeister interessiert es einen schon, was dabei herauskommt.«
»Wir haben jetzt die gesicherte Erkenntnis, dass Herr Autenrieth ermordet worden ist.«
»Ach«, machte Vogler. »Man sträubt sich ja gegen so einen Gedanken.«
»Wie lange sind Sie denn schon Bürgermeister?«, fragte Bienzle.
»Zwölf Jahre.«
»Da sind Sie aber jung in Ihr Amt gekommen.«
»Mit dreißig. Erwin Teufel, viele Jahre unser Ministerpräsident, ist schon mit achtundzwanzig Bürgermeister von Spaichingen geworden, und Spaichingen ist eine Stadt. – Aber bitte, nehmen Sie doch Platz!« Vogler deutete auf einen hochlehnigen ledergepolsterten Stuhl, der vor seinem Schreibtisch stand, und nahm selbst wieder dahinter

Platz. »Ich habe gehört, Herr Langlott sei vom Dienst suspendiert worden?«
»Er hat sich einiger schwerwiegender Dienstvergehen schuldig gemacht«, sagte Bienzle steif.
Der Bürgermeister schüttelte seinen schmalen Kopf. »Eigentlich ein tüchtiger Mann. Wir haben sehr gut zusammengearbeitet.«
»Er hat wohl mit verschiedenen Leuten gut zusammengearbeitet«, sagte Bienzle mit leichtem Sarkasmus in der Stimme.
»Na gut, das wird man alles erfahren. Aber Sie sind ja sicher gekommen, weil Sie Fragen an mich haben.«
»Vor allem eine Bitte, Herr Bürgermeister. Könnte mir jemand aus Ihrem Mitarbeiterstab eine Aufstellung aller Nichtkatholiken machen, die hier in Felsenbronn gemeldet sind?«
»Mitarbeiterstab«, Vogler lachte, und das Zucken im Augenwinkel ging in eine Art permanentes Flackern über. »Ich regiere dieses Dorf mit zwei Hilfskräften. Aber natürlich, das lässt sich machen. Warum wollen Sie das denn?«
»Dem Pfarrer Romero sind telefonisch höchst geheime Mitteilungen gemacht worden, die ihm ein gläubiger Katholik bestimmt lieber im Beichtstuhl übermittelt hätte. Daraus schließe ich, dass der Mensch nicht katholisch war.«
»Schlau«, sagte Bürgermeister Vogler. »Und Sie glauben, dieser Mensch könnte der Mörder sein?«
»Sagen wir mal, ich denke, er könnte mich zu dem Mörder führen.«
Vogler legte seine Hände flach auf die Schreibtischplatte und sagte: »Gut, wir werden Ihnen da behilflich sein. War's das?«

»Nicht ganz. Wenn Sie seit zwölf Jahren hier Bürgermeister sind, dann müssen Sie ja damit leben, dass Felsenbronn als Mörderdorf gilt.«
»Gerüchte, Spekulationen, üble Nachrede. Wissen Sie, man sagt jedem Dorf hier oben auf der Alb irgendetwas nach. Am besten, man ignoriert solches Gerede.«
Bienzle ließ sich nicht beirren. »Die Fälle Köhnlein 1998, Lauk 2001, Sexauer 2002, Heckmann 2003 und jetzt Autenrieth kenne ich inzwischen. Fehlen noch zwei.«
»Ich weiß, was Sie meinen. Marion Niedermaier wurde 1999 von einem Omnibus erfasst, der sie zu Tode geschleift hat. Es ging damals das Gerücht, sie sei vor den Bus gestoßen worden. Aber der Fahrer ist später von seiner Aussage abgerückt, und von den Fahrgästen hatte niemand etwas bemerkt. Es war spätabends und stockdunkel. Und dann war da noch der Fall Günter Merkle im Herbst 2000. Er war Arbeiter im Steinbruch, draußen im Sandrain, und ist bei der Arbeit von einem Gesteinsbrocken erschlagen worden.«
Bienzle hatte sich Notizen in sein kleines Buch gemacht, während der Bürgermeister geredet hatte. »Danke«, sagte er jetzt, »also sieben Morde …«
»Unnatürliche Todesfälle«, korrigierte ihn der Bürgermeister. »Wollen Sie die etwa alle nochmal ausgraben?«
»Ich glaube fast, wenn wir den Fall Autenrieth lösen, können wir auch das Geschehen in den anderen sechs Fällen aufklären.«
Vogler lachte auf. »Sie sind gut!«
»Es kann natürlich auch ganz anders ausgehen«, sagte Bienzle und erhob sich von dem Besucherstuhl.
»Halten Sie mich weiter auf dem Laufenden?« Der Bürgermeister schoss um seinen Schreibtisch herum und streckte

dem Kommissar die Hand hin. Sie fasste sich seltsam weich an.
»Mach ich«, sagte Bienzle und verließ rasch das Büro des Bürgermeisters.

Danach fuhr er noch einmal zum Autenrieth-Hof hinaus. Sein Weg führte ihn an der Polizeistation vorbei. Langlott verlud grade ein paar Umzugskartons auf einen Kleinlaster mit der Firmenaufschrift eines großen Metzinger Textilunternehmens. Ein junger Mann half ihm dabei. Plötzlich kam sich Bienzle feige vor. Etwa hundert Meter weiter stoppte er den Dienstwagen. Er stieg aus und ging zu Fuß zurück. Langlott trug grade eine Gitarre aus der Polizeiwache und stellte sie ins Führerhaus des Kleinlasters.
»Manchmal, wenn nichts zu tun war, hab ich im Büro ein bisschen geübt«, sagte er zu Bienzle, ohne ihn begrüßt zu haben.
»Es tut mir leid«, sagte Bienzle. »Aber jeder andere hätte genauso handeln müssen wie ich.«
»Ich mach Ihnen bestimmt keinen Vorwurf«, sagte Langlott.
Und das ging Bienzle dann doch gegen den Strich. »Ja, da kann ich ja froh sein«, gab er sarkastisch zurück. Aber dann fragte er doch noch ganz freundlich: »Was machen Sie denn jetzt?«
»Ich hab mit meinem Bruder gesprochen. Man muss ja das Verfahren abwarten. Aber danach kann ich in den Auslandsverkauf einsteigen. Ich fang jetzt gleich an, Spanisch zu lernen. Englisch kann ich ja schon.«
Frau Dr. Relinger trat aus der Revierwache. Sie trug ein rot-blau kariertes Kostüm, dessen Rock für ihre Beine etwas zu kurz war.

»Hallo«, rief sie, »ich dachte schon, Sie drücken sich.«
»Wollte ich eigentlich auch«, gab Bienzle zurück.
»Ich hätte mich gerne nochmal mit Ihnen unterhalten«, sagte die Staatsanwältin.
»Ich bin grade auf dem Weg zum Autenrieth-Hof. Vielleicht mögen Sie ja mitkommen?«
»Aber gern!«
Sie begleitete Bienzle zu dem Dienstwagen. »Ich bin froh, dass Sie Langlott auf die Schliche gekommen sind. Glauben Sie, dass er im Mordfall Autenrieth etwas vertuscht hat?«
»Das wird man sehen«, sagte Bienzle vorsichtig.
Im Auto erläuterte Bienzle Frau Relinger dann seine bisherigen Ermittlungsergebnisse. Er schilderte die Familienverhältnisse der Autenrieths, berichtete von der überraschenden Spende an die Kirche, die Autenrieth noch vor seinem Tod gemacht hatte. Und er hielt einen kleinen Vortrag darüber, dass in Felsenbronn seit sieben Jahren möglicherweise jedes Jahr ein Mord begangen worden sei. »Auffällig ist für mich dabei, dass die Opfer immer Menschen waren, die sich offenbar eine Menge haben zuschulden kommen lassen.«
»Sie meinen, da hat sich jemand zum Richter aufgeschwungen?«
»Und zum Vollstrecker. Es muss übrigens nicht einer allein gewesen sein. Die Todesarten sind zu unterschiedlich.«
Anuschka Relinger wandte sich dem Kommissar zu. Sie drehte dabei ihren ganzen Körper und schlug ihre kurzen Beine übereinander, sodass der Kostümrock weit hoch rutschte. Überrascht konstatierte Bienzle: Die Frau trug Strümpfe, keine Strumpfhosen, wie das heute allgemein üblich war. Über den schwarzen verstärkten Rändern sah man ein Stück helle Haut.

»Ganz schön, was Sie da alles so zusammengesammelt haben«, sagte Frau Relinger.

Als sie dies sagte, ließ Bienzle grade den Wagen vor dem Tor zum Autenrieth-Hof ausrollen. Er stieg aus, umrundete rasch das Heck des Wagens und öffnete die Beifahrertür für Frau Dr. Relinger. Sie fasste nach seiner Hand und ließ sich aus dem Wagen helfen. Plötzlich standen sie dicht voreinander. Sie reichte ihm nur bis zur Brust. Bienzle roch ihr Parfüm und sah zum ersten Mal, dass ihre braunen Augen goldene Einsprengsel hatten.

»Ich bin froh, dass ich Sie getroffen habe«, sagte die Staatsanwältin.

»Danke«, antwortete Bienzle steif.

»Und was machen wir nun hier?«

»Ich wollte nochmal mit Gottlieb sprechen. Das ist der Knecht. Er hat Ariane Autenrieth gesteckt, was ihr zweiter Mann für ein Schlawiner war und wie der seine erste Frau fertiggemacht hat. Er hätte mir auch erzählen können, dass Paul Autenrieths unehelicher Sohn sich schon eine Woche vor dem Tod des Bauern hier herumgetrieben hat. Aber er hat es mir verschwiegen.«

Frau Relinger nickte. »Also dann!«, sagte sie unternehmungslustig und ging voraus. Sie hatte Schuhe mit halbhohen Hacken an. Die Wadenmuskeln traten bei jedem Schritt deutlich hervor. Für Bienzles Geschmack schwang sie ihren Hintern etwas zu aufreizend hin und her.

Gottlieb fanden sie im Kuhstall. Dort standen nur noch vier Tiere. Man hatte die Zucht irgendwann aufgegeben.

»Der Herr hat ja sein Geld mit Immobilien verdient«, sagte Gottlieb mit seiner hohen Stimme. Er musterte Frau Relinger: »Und Sie wollet tatsächlich Staatsanwältin sein?«

Bienzle grinste. »Vielleicht sogar bald schon Oberstaatsanwältin.«
»Sachen gibt's. Die ganz Welt ischt durchanander. In der Bibel heißt's net umsonst: ›Das Weib soll schweigen in der Gemeinde.‹«
Bienzle lachte. »Das hat der Paulus geschrieben, und von dem heißt es, er sei schwul gewesen.«
»Wunderbar!«, rief Frau Dr. Relinger begeistert.
»Ja, wenn des so ischt«, sagte Gottlieb kleinlaut.
»Wir wissen jetzt übrigens, wer den Astor auf dem Gewissen hat«, sagte Bienzle.
»Wer?«
»Kurt Langlott.«
»Nein!!« Gottliebs Entsetzen schien echt zu sein.
»Haben Sie gewusst, dass zwischen ihrem ehemaligen Herrn und dem Herrn Langlott eine enge Beziehung existiert hat?«
»Was denn für eine Beziehung?«
»Der Herr Langlott war dem Herrn Autenrieth zu Diensten und ist von ihm dafür bezahlt worden.«
»Wir sollten das vielleicht nicht so an die große Glocke hängen«, sagte die Frau Staatsanwältin streng.
»Ach«, gab Bienzle gemütlich zurück. »Der Gottlieb ist nicht die große Glocke. Der kann schweigen. Das hab ich sozusagen am eigenen Leib erfahren.«
»Was wollet Sie denn jetzt damit sagen?« Gottliebs Stimme machte einen Kiekser nach oben.
»Sie waren am Freitagabend nicht hier im Haus. Da haben sich nämlich alle drei Geschwister hier getroffen, und keiner hat Sie gesehen, Gottlieb.«
»Die haben mich nicht beachtet. Das ist was anderes.«

»Glaube ich Ihnen nicht. Sie haben mir erzählt, Sie hätten sich ab und zu noch mit den Kindern getroffen. Da hat es also eine ganz gute Verbindung gegeben. Wenigstens zu den Söhnen.«

»Warum nur zu den Söhnen?«, fragte Frau Relinger dazwischen.

»Die Ariane hat er nicht gemocht.«

»Wer sagt das?«, fuhr Gottlieb auf.

»Ich sag das! Stimmt es etwa nicht?«

»Die war au net zum Möge!«, sagte der alte Knecht trotzig.

»Und deshalb hat es Ihnen auch nichts ausgemacht, ihr alles zu erzählen, was Sie über den Sven Heckmann und seine erste Frau gewusst haben.«

»Sie hent ja ganz schön in meinem Leben rumg'schtiert. Schämet Sie sich eigentlich gar net?«

»Doch, vielleicht. Sobald ich dazu komm. Aber jetzt will ich von Ihnen alles wissen, was Sie der jungen Frau Autenrieth über den Heckmann erzählt haben.«

»Es war ja net nur, dass der sei erste Frau behandelt hat wie den letzten Dreck. Die Ariane hat er bloß wegem Geld genommen. Und nebeher hat er noch eine Geliebte g'habt und ein Kind mit ihr. Des war ein so schlechter Mensch, des glaubet Sie gar net.«

»Also was die Schlechtigkeit der Menschen anbelangt, da glaub ich mehr, als Sie sich vorstelle könnet, Gottlieb. – Haben Sie irgendwann einmal den Pfarrer angerufen?«

»Warum hätt ich des tun solle?«

»Zum Beispiel, um ihn zu fragen, ob die 30 000 Euro angekommen seien.«

»Hä?« Gottlieb nahm seine Schildmütze vom Kopf und

kratzte sich hinter dem rechten Ohr. »Haben Sie mich jetzt net kürzlich gefragt, ob ich katholisch bin?«
»Doch.«
»Und dann habet Sie mich noch gefragt, wenn ich dem Pfarrer ganz heimlich was mitteilen möchte, ob ich ihn dann anrufen würde.«
»Stimmt!«
»Und ich hab g'sagt: Ich bräucht ja nur zur Beichte gehe. Alles, was dort gesprochen wird, bleibt hoch und heilig ein Geheimnis. – Und was Sie mich heut fraget, hat das mit der Fragerei von neulich zu tun?«
Bienzle betrachtete den Knecht voller Hochachtung. »Domm send Sie net!«
»Des hab i au gar net von mir behauptet.«
»Ist die Frau Autenrieth im Haus?«, fragte der Kommissar.
»Nein, ich glaube, sie ist im Gemeindehaus beim Frauenkreis. Aber der Herr Meiler ist oben. Vielleicht können Sie ja mit dem was anfangen.«
»Der uneheliche Sohn«, erklärte Bienzle der Staatsanwältin.
»So weit bin ich auf dem Laufenden«, sagte Anuschka Relinger.
Sie gingen über den Hof. Im Westen versank grade die Sonne hinter den Hängen der Wacholderheide. Die Schäfchenwolken, die träge nach Osten zogen, wurden von unten rot angeleuchtet.
Bienzle zeigte zum Himmel. »Kann die Natur net manchmal unheimlich kitschig sein«, sagte er zu der Staatsanwältin.
»Ein Romantiker sind Sie aber auch nicht«, antwortete Frau Dr. Relinger.
»Nein, nicht direkt.«

»Schade!«
»Vorsicht«, rief Bienzle und fasste sie am Ellbogen.
»Danke. Da wäre ich jetzt voll reingetreten.« Sie machte, fürsorglich von Bienzle gestützt, einen Bogen um einen großen Kuhfladen.

Karl Meiler saß im Wohn- und Esszimmer an dem großen Tisch und las in einem Buch.
»Sind Sie jetzt hier eingezogen?«, fragte Bienzle.
Meiler nickte den beiden zu. »Frau Autenrieth hat mir erlaubt, die alte Familienchronik zu studieren. Das liest sich alles sehr spannend. Leider endet sie 1940. Das war das Geburtsjahr meines Vaters. – Können Sie sich vorstellen, was das für mich bedeutet?«
»Sie holen sozusagen Ihre Familie heim?«, fragte Bienzle.
»Ja, ich glaube, so könnte man sagen.«
»Das ist die Staatsanwältin, Frau Dr. Relinger. Sie leitet die Ermittlungen.«
Karl Meiler stand auf, deutete eine Verbeugung an und sagte: »Angenehm!«
Bienzle ließ sich auf einem Stuhl auf der anderen Seite des massiven langen Esstisches nieder. »Beantworten Sie mir eine Frage: Warum sind Sie ausgerechnet vor einer Woche hierher nach Deutschland gekommen?«
»Warum nicht?«
»Gab es keinen besonderen Anlass?«
»Eigentlich nicht. Oder doch: Luise schrieb mir nach längerer Zeit wieder einmal einen Brief.«
»Luise?«, warf Frau Relinger fragend dazwischen.
»Luise Hertter«, antwortete Bienzle, »genannt die Holderliesel. Ich bin als kleiner Bub oft bei ihr gewesen, und

für ihn«, er deutete mit dem Kopf zu Karl Meiler hinüber, »trifft das genauso zu.«
Meiler lächelte. »Ja, so was verbindet.«
»Sie hat Ihnen also einen Brief geschrieben«, nahm die Staatsanwältin den Faden wieder auf, »und was stand da drin?«
Karl Meiler erhob sich, nahm eine Rotweinflasche vom Büfett, die schon geöffnet war, und sah die beiden anderen fragend an. Bienzle nickte. Frau Relinger machte eine abwehrende Bewegung. Karl Meiler füllte zwei schöne, dickbauchige Rotweingläser und brachte sie an den Tisch. Während der ganzen Zeit erzählte er: »Luise schreibt immer mindestens zehn Seiten. Sie hat eine wunderschöne, gleichmäßige, sehr kleine Schrift. Ihre Briefe sind, wie soll ich sagen – Plaudereien. Sie kommt dabei vom Hundertsten ins Tausendste. Sie beschreibt ihren Garten, erzählt von ihren Tieren, berichtet, wie die Ernte werden wird, wer im Dorf heiratet, wer gestorben ist, was der Pfarrer wieder für einen Unsinn gepredigt hat und so weiter und so weiter.«
Bienzle nippte an dem Wein, war überrascht, stand auf und ging zum Büfett, um das Etikett zu lesen. »Hab ich mich doch nicht geirrt«, sagte er, »ein Spätburgunder vom Aldinger.« Er wandte sich wieder Karl Meiler zu. »Und nichts Substanzielles?«
»Was meinen Sie denn damit?«
»Hat sie nicht geschrieben, dass Sie kommen sollen?«
»Doch!«
»Weil Ihrem Vater etwas passieren könne?«
»Weil für mein Leben möglicherweise eine wesentliche Wende bevorstehe.«
Bienzle war es plötzlich kalt. Er ging zu dem Westfenster

und schloss es. Die Sonne war nun vollends untergegangen. Die Albhochfläche lag jetzt in einem bleiernen Grau vor ihm. Und die einzeln sitzenden Wacholderbüsche wirkten wie Geister.

»Sie hat also etwas gewusst!«, sagte Bienzle. »Ich habe mir die ganze Zeit schon so etwas gedacht.«

»Immerhin hatten die Worte der alten Dame eine so starke Wirkung auf Sie, dass Sie sich ins Flugzeug gesetzt haben und hier herübergeflogen sind«, sagte Frau Dr. Relinger.

Karl Meiler nickte. »Es war ein Auslöser. Ich hatte ja seit eh und je eine latente Sehnsucht nach diesem Dorf, dieser Landschaft, meinem Zuhause eben.«

»Haben Sie den Brief noch?«

»Ja, aber ich werde ihn nicht aus der Hand geben.«

»Gut, dann sagen Sie, was weiter drin stand.«

Karl Meiler griff in die Innentasche seiner Jacke und zog ein paar auf Postkartenformat zusammengefaltete Blätter Papier heraus. Er faltete sie auseinander und nahm das letzte Blatt nach vorn. Dann las er vor: »Dein Vater hat endlich eingesehen, wie schandbar er an dir gehandelt hat.«

Schandbar, fuhr es Bienzle durch den Kopf. Die meisten Menschen würden schändlich schreiben. Aber klingt schandbar nicht stärker, archaischer?

Karl Meiler fuhr fort: »In den nächsten Tagen wird er zum Notar gehen und wenigstens finanziell einiges wieder gutmachen.«

»Woher wusste sie das?« Frau Relinger schrie es förmlich heraus.

»Geht es noch weiter?«, fragte Bienzle den jüngeren Mann.

»Sie fährt dann nahtlos fort: ›Dieses Jahr kriegen wir wunderschöne große Kartoffeln. Es hat rechtzeitig geregnet –

nicht zu viel, aber auch nicht zu wenig.‹ Und erst ganz zum Schluss schreibt sie: ›Gell, du kommst doch. Es wäre so wichtig für dich!‹ Schon als ich den Brief zum ersten Mal gelesen habe, war ich entschlossen zu fahren.«
»Haben Sie Ihren Vater noch lebend gesehen?«, fragte Bienzle.
»Ja. Ich ihn schon. Er mich aber nicht. Er hätte mich ja wohl auch kaum erkannt.«
»Sie haben also nicht mit ihm gesprochen?«, wollte die Staatsanwältin wissen.
»Ich bin jeden Tag hierher gekommen. Ich stand dort drüben auf der kleinen Anhöhe, dort, wo der einzelne Apfelbaum steht, und ich hatte sogar ein Fernglas dabei. Von dort aus habe ich ihn beobachtet. Und jedes Mal habe ich mir gesagt: ›Jetzt gehst du rüber und redest mit ihm.‹ Und jedes Mal habe ich dann gedacht, das hat auch morgen noch Zeit. Ich hatte Angst davor. Können Sie sich das nicht vorstellen?«
»Nein«, sagte Frau Relinger.
»O ja«, sagte Bienzle gleichzeitig und schob dann nach: »Und wie ich das verstehen kann.«
»Männer!«, stieß Frau Relinger hervor. »Jetzt hätte ich doch auch gerne ein Glas Wein.«
Während Karl Meiler ein drittes Glas füllte, sagte Bienzle: »Aber an seinem Todestag waren Sie dann hier im Haus.«
»Zusammen mit Alexander, ja. Ich hatte die ganze Zeit in Tübingen bei ihm gewohnt. Er hat mich ja auch schon einmal in Boston besucht. Er war es, der gesagt hat: ›Los jetzt, du hast dich lange genug darum herumgedrückt.‹«
»Mit Ihrem Halbbruder verstehen Sie sich gut?«, fragte Anuschka Relinger.

»Ja. Er ist ein wunderbarer Mensch. Verletzlich, oft sehr unsicher, vielleicht ein wenig autistisch. Aber wenn er sich aufschließt, und das hat er mir gegenüber getan, sieht man, wie viele gute Eigenschaften er hat und wie klug er denken kann.«
»Sie sind also am letzten Freitag gemeinsam nach Felsenbronn gefahren.«
»Ja. Und wissen Sie, was wir auf der ganzen Fahrt gemacht haben?«
»Gesungen«, sagte Bienzle aufs Geratewohl.
Meiler starrte ihn an. »Sie haben es gewusst?«
»Was soll man denn sonst gemeinsam im Auto machen. Streiten, Witze erzählen, sich Rätselaufgaben stellen? Mir wäre da Singen immer noch am liebsten.« Bienzle sah kurz zu Frau Relinger hinüber, und die strahlte ihn aus ihren goldgesprenkelten Augen begeistert an.
»›Aus grauer Städte Mauern‹ haben wir gesungen und ›Wildgänse rauschen durch die Nacht‹ und ›Jenseits des Tales‹.«
»Waren Sie bei den Pfadfindern?«, fragte Bienzle.
»Ja, und Alex war bei der katholischen Landjugend.«
Bienzle nickte: »Das Liedgut war immer das gleiche. Wahrscheinlich haben Sie auch gesungen: ›Wie oft sind wir geschritten auf schmalem Negerpfad‹ und ›Wir lagen vor Madagaskar‹.«
»Jetzt reicht's mit euren Bubenschwelgereien«, sagte die Staatsanwältin streng und nahm einen mannhaften Schluck aus ihrem Rotweinglas.
Bienzle sagte: »Aber als Sie dann am Freitag hier angekommen waren, sind Sie doch nicht direkt zu Ihrem Vater gegangen.«

»Nein. Ich bin erst zum Holderbusch gelaufen, habe die Luise Hertter besucht …«
»Wann war das genau?«, fuhr Bienzle dazwischen.
»So gegen vier Uhr am Nachmittag.«
»Wann sind Sie bei der Holderliesel weg?«
»So gegen sechs Uhr.«
»Gegen sieben Uhr ist Paul Autenrieth mit einem Eichenast angegriffen worden. Ganz in der Nähe seiner Lieblingsbank beim Donaublick. Die Zeit hätte gereicht.«
»Ich habe Ihnen schon gesagt, ich bin dann über den Backofenberg zum Hof gewandert.«
»Aber dafür gibt es keine Zeugen?«
»Nein!«
»Nehmen wir mal an, für Sie war das der Tag der Abrechnung. Sie hatten erfahren, dass Ihr Vater sein Testament zu Ihren Gunsten geändert hatte.«
»Das hat doch nur die Holderliesel behauptet.«
Bienzle fuhr unbeirrt fort: »Er hätte es sich jederzeit anders überlegen können. Vermutlich hat jemand Druck auf ihn ausgeübt. Wir haben da andere Beispiele in vorausgegangenen Fällen. Sobald der Druck weg gewesen wäre, hätte er vielleicht seinen letzten Willen durch einen allerletzten Willen ersetzt.«
»Ich habe meinen Vater nicht umgebracht!«
»Es ist ja nur eine Theorie, Herr Meiler. Unsere Arbeit besteht immer darin, Hypothesen aufzustellen und sie dann ad absurdum zu führen oder durch Tatsachen zu bestätigen.«
»Gut. Das warte ich in aller Ruhe ab.« Karl Meiler machte einen ziemlich abgeklärten Eindruck. Für Bienzles Geschmack einen zu abgeklärten.

»Wann sind Sie dann hier auf dem Hof angekommen?«
»Kurz nach acht Uhr.«
»So lange haben Sie für den Weg gebraucht?«
»Ich habe oben auf dem Backofenberg beim Mammutbaum eine längere Rast gemacht. Habe nur da gesessen, in den Baum hinaufgeschaut und tausend Erinnerungen aus meiner Jugend nachgehängt.«
Bienzle nickte und sagte: »Ja.«
»Wie?«, fragte Anuschka Relinger.
»Ich verstehe das, weil ich gestern genau das gleiche Erlebnis hatte, Frau Doktor.«
»Langsam werden mir das zu viele Parallelen. Ich war übrigens noch nie bei dem Mammutbaum.«
»Vielleicht finden wir mal die Zeit, dann wandern wir gemeinsam hin«, sagte Bienzle und stellte irritiert fest, dass ihn die Staatsanwältin genauso anstrahlte wie vor wenigen Augenblicken, als er gesagt hatte, er würde im Auto am liebsten singen.

Auf der Rückfahrt ins Dorf, wo Frau Relinger ihren Wagen geparkt hatte, begann sie plötzlich zu singen: »Weine nicht, wenn der Regen fällt …« Bienzle wusste nicht, was ihn ankam, aber er machte plötzlich: »Dam dam, dam dam.« Und die dralle kleine Staatsanwältin sang mit erstaunlich starker Stimme weiter: »Es gibt einen, der zu dir hält …« Und Bienzle wieder: »Dam dam, dam dam.« Und dann grölten sie doch tatsächlich beide gegen die Windschutzscheibe: »Marmor, Stein und Eisen bricht, aber unsere Liebe nicht.«
Sie erreichten die Wache, die ab zwanzig Uhr nicht mehr besetzt war. Wer danach etwas wollte, musste die Zentrale

in Sigmaringen anrufen und konnte nur hoffen, dass ein Streifenwagen in der Nähe war.
»Wollen wir noch was essen zusammen?«, fragte Frau Relinger. »Ich lade Sie ein.«
»Ja, gern, aber dann sind Sie mein Gast.«
»Schau an, ein großzügiger Schwabe.«
»Davon gibt's mehr, als Sie denken.«
Als sie im Adler in der Gaststube saßen, erzählte Bienzle dann aber doch von seinem Hauswirt, der ihn erst kürzlich gebeten hatte, die Treppe links hinunter- und rechts hinaufzugehen, weil die Mitte sonst zu sehr abgenutzt würde.
Frau Relinger bekam einen Lachanfall, und als der geendet hatte, sagte Bienzle: »Ich hab ihm dann g'sagt, wenn ich links hinuntergehe und rechts hinauf, dann ist das doch wieder links. Er hat zehn Minuten gebraucht, um das Problem zu bedenken, und hat dann gesagt: ›Nunter könntet Se ja auch aufem Gländer rutsche!‹«
Frau Dr. Relinger brauchte eine Weile, um sich wieder zu beruhigen, und streckte dann Bienzle ihr Glas nochmal hin. Der Kommissar griff zögernd nach der Flasche Nordheimer Trollinger mit Lemberger. »Werden Sie jetzt doch noch geizig?«, fragte die Frau Staatsanwalt.
»Nein, aber wenn Sie jetzt noch ein Glas trinken, darf ich Sie nicht mehr Auto fahren lassen.«
»Dann verhindern Sie's doch!«
»Und wie soll ich das machen?«
»Lassen Sie mal!« Frau Dr. Relinger riss die rechte Hand hoch und rief: »Frau Wirtin!«
Die Rothaarige kam an den Tisch.
»Haben Sie eventuell noch ein Einzelzimmer?«

»Ja schon«, antwortete die Wirtin.
»Dann nehm ich das.«
Bienzle fragte: »Ist die Luise Hertter heut auch bei Ihnen in der Küche?«
»Nein, heut ist so wenig Betrieb, da schaff ich das auch alleine.«
»Für uns noch eine Flasche von dem Trollinger mit Lemberger«, bestellte Anuschka Relinger. »Die geht dann aber auf meine Rechnung.«
»Das kommt ja gar nicht infrage«, protestierte Bienzle. Und die Staatsanwältin lenkte sofort ein.
»Können Sie das so einfach, nachts wegbleiben?«, fragte Bienzle eine halbe Stunde später.
»Es gibt niemanden, den ich fragen müsste«, antwortete Frau Relinger. Leise setzte sie hinzu: »Leider!«
Bienzle nickte nur. Es wäre ihm lieber gewesen, das Thema sofort wieder zu verlassen. Aber den Gefallen tat ihm die Staatsanwältin nicht. »Sie leben ja wohl in einer festen Beziehung«, sagte sie.
»Ja. Eigentlich schon.«
»Und uneigentlich?«
»Es ist halt nicht immer ganz einfach.«
»Ihr Beruf, was?«
»Ja, meiner auch. Aber vor allem der von meiner Frau Freundin. Sie ist selbständige Künstlerin. Illustratorin. Und wenn sie einen Auftrag hat, ist sie für den Rest der Welt verloren. Und ich bin halt ein Teil vom Rest der Welt.«
»Alleinsein ist schlimmer«, sagte Anuschka, nahm einen Schluck und sang langsam in sich hinein: »Marmor, Stein und Eisen bricht …« Sie brach aber rasch wieder ab und sagte: »Diese Sehnsucht … Man denkt immer, man könne

die einfach vergessen, übersehen, verdrängen, sublimieren, was weiß ich. Aber diese Sehnsucht …«
Sie redete nicht weiter. Bienzle fühlte sich plötzlich nicht mehr wohl. Ihre Blicke trafen sich. »Polizist!«, sagte Frau Relinger.
»Ja, ja«, sagte Bienzle.
»Immer pflichtbewusst«, sagte die Staatsanwältin.
»Sie doch auch«, gab Bienzle zurück und füllte die Gläser noch einmal. Plötzlich hatte er das Gefühl: Jetzt ist doch alles egal. In diesem Augenblick beschloss er, Hannelore heute nicht mehr anzurufen. Und er war froh über diesen Entschluss. Unwillkürlich entfuhr ihm: »Selber schuld!«
»Sie haben ja so Recht«, sagte Frau Relinger. »Ich habe viel zu lange nur für meine Karriere gelebt.«
»Sie hab ich jetzt grad gar net g'meint«, sagte Bienzle.
»Trotzdem!« Anuschka schüttelte traurig den Kopf.
»Jetzt bloß koi Katzejammer!«, sagte Bienzle. »Prost!«
Frau Relingers Gesicht glühte. »Ich bin nicht gewohnt, so viel zu trinken.« Sie zog ihre Jacke aus, und Bienzle war ihr behilflich dabei. »Jetzt erweisen Sie sich bloß nicht auch noch als Kavalier«, sagte sie.
»Ihnen kann man's wohl nie recht machen.«
»Das können Sie jetzt noch nicht sagen.«
Bienzle wollte unbedingt das Thema wechseln. Eigentlich war es ihm gar nicht unangenehm, aber er begann sich vor dem zu fürchten, wozu noch Lust bekommen konnte.
»Wie lange sind Sie denn jetzt schon in Sigmaringen?«, fragte er betont beiläufig.
Frau Relinger äffte ihn nach: »Wie lange sind Sie denn jetzt schon in Sigmaringen? Wen interessiert denn das? Hören Sie doch auf mit dieser Scheißkonversation.«

»Vorsicht!«, sagte Bienzle. »Gleich bin ich beleidigt!«
»Bitte nicht! – War nicht so gemeint.«
Sie tranken ein paar Schlucke, ohne zu reden. Schließlich sagte Anuschka Relinger: »Ich bin unmöglich, nicht wahr?«
»Sie sind wunderbar«, sagte Bienzle, und er meinte das ehrlich. Und Bienzle war genau der Mann, dem man ansah, wenn er so etwas ehrlich meinte.
Anuschka fasste über den Tisch nach seiner Hand. »Wenn Sie das nochmal sagen könnten!«
»Sie sind eine wunderbare Frau!« Er trank in einem Zug sein Glas leer. »So, und jetzt müssen wir aber langsam ins Bett.«
»Jeder in seins?«, fragte Anuschka und fügte rasch hinzu: »War nicht so gemeint. Natürlich jeder in seins.«
Gemeinsam stiegen sie die Treppe hinauf. Bienzle hatte sein Zimmer gleich am Anfang des Flurs. Frau Relinger wohnte ganz am Ende. Dazwischen, das wusste Bienzle, waren vier Zimmer, die von einer Vertreterkolonne belegt waren, die für Zeitungsabonnements die Klinken putzte.
»Ich bin da!«, sagte Bienzle.
Anuschka Relinger blieb vor ihm stehen. »Ich beneide Ihre Freundin«, sagte sie.
»Die würde das wohl kaum verstehen. Zumindest zurzeit nicht«, antwortete Bienzle. »Gute Nacht, Anuschka!« Er wusste selbst nicht, warum plötzlich ihr Vorname über seine Lippen gekommen war.
Frau Relinger erhob sich auf die Zehenspitzen, packte mit ihrer starken Hand Bienzle im Nacken, zog seinen Kopf zu sich herunter, küsste ihn auf den Mund und sagte: »Gute Nacht, Bienzle!« Dann schritt sie ein wenig unsicher den

Korridor hinunter bis zur letzten Tür. Es hätte nicht viel gefehlt, und Bienzle wäre ihr gefolgt. Aber als sie sich vor ihrer Tür noch einmal umwandte, war er verschwunden.
Anuschka Relinger betrat ihr Zimmer, zog sich aus, stellte sich unter die Dusche, trocknete sich ab und ging zum Telefon. Bienzles Zimmernummer hatte sie sich gemerkt. Sie wählte die Sieben. Er war erstaunlich schnell dran. Anuschka legte sofort wieder auf.
Bienzle hatte erst einmal beide Flügel seines Fensters aufgerissen, als er sein Zimmer betreten hatte, und dann hatte er sich, wie er war, auf sein Bett gelegt. Als das Telefon klingelte, nahm er sofort ab. Aber es meldete sich niemand. Er wählte seine Nummer in Stuttgart. Es dauerte lange, bis sich Hannelore meldete. »Hast du grade versucht, mich zu erreichen?«, fragte Bienzle.
»Lass doch die Scherze«, sagte Hannelore. »Mensch, ich war grade eingeschlafen.« Sie legte wieder auf.
Anuschka Relinger war unruhig. Nackt tappte sie in ihrem Zimmer auf und ab. Sie holte aus der Minibar ein Minifläschchen Kognak und stürzte es hinunter. Aber ihre Unruhe wich nicht. Plötzlich packte sie ihre Zudecke und verließ ihr Zimmer, wie sie war. Schließlich hatte sie ja auch nichts bei sich außer den Klamotten, die sie den ganzen Tag schon getragen hatte. Sie hatte Bienzles Tür fast erreicht, als zwei Männer aus der Vertreterkolonne die Treppe heraufkamen. Sie bogen grade in den Gang ein, als Anuschka vor Bienzles Tür stand. Statt leise zu klopfen, wie sie es vorgehabt hatte, trommelte sie mit der Faust gegen die Tür, bis sie aufflog. Bienzle, der noch vollständig angezogen war, starrte auf die splitternackte Frau, die aus Angst vor den Blicken der Vertreter mit der Zudecke ihre Rückseite bedeckt hatte. Dann

sah er die beiden breit grinsenden Männer. »Kommen Sie rein!«, sagte er schnell und hörte noch mit halbem Ohr, wie einer der beiden Kerle einen Werbeslogan zitierte, über den er sich selbst erst kürzlich aufgeregt hatte: »Come in and find out!« Bienzle warf die Tür zu.

Jetzt standen sie sich gegenüber. Und plötzlich wurde Anuschka Relinger von einem unaufhaltsamen Lachen geschüttelt. Bienzle stimmte nach kurzem Zögern ein, ging zu seinem Schrank, holte ein Hemd heraus, knöpfte es auf und half der Staatsanwältin hinein wie in einen Mantel.

»Tut mir leid!«, sagte Frau Relinger noch immer lachend.

Sie setzten sich auf zwei Stühle, tranken noch zwei Fläschchen Kognak aus der Minibar leer, umarmten sich kurz und eher geschwisterlich, und die Staatsanwältin trollte sich in Bienzles Hemd, die Bettdecke unter dem Arm, in ihr Zimmer.

Fünfter Tag – Mittwoch

Als Bienzle am Mittwochmorgen zum Frühstück kam, saß Frau Dr. Anuschka Relinger schon an seinem Tisch. Bienzle setzte sich ihr gegenüber. »Morgen«, sagte er ein wenig verlegen.

Frau Relinger lächelte ihn an. »Alles okay?«

»Bei mir schon.«

»Ich wage gar nicht zu fragen, was Sie für einen Eindruck von mir haben.«

»Den gleichen wie gestern oder eigentlich einen noch besseren. Sie sind eine wunderbare Frau.«

Anuschka Relinger stieß die Luft aus, als ob sie die ganze Zeit den Atem angehalten hätte.

Beide nahmen einen Schluck Kaffee, und beide setzten ihre Tassen im selben Augenblick ab.

»Was weiß diese Frau Hertter?«, fragte die Staatsanwältin.

»Das ist das Nächste, worum ich mich kümmern muss. Gleich nachdem ich beim Pfarrer gewesen bin.«

»Und was wollen Sie bei dem?«

»Ich hab unser kleines Gespräch mit dem Knecht Gottlieb gestern heimlich auf ein Tonband aufgenommen. Ich möchte, dass der Pfarrer die Stimme mit jener des Anrufers vergleicht, der ihn gefragt hat, ob die 30 000 Euro angekommen seien.«

Frau Relinger sah den Kommissar überrascht an. »Solche Methoden hätte ich bei Ihnen gar nicht erwartet.«

»Gemessen an den raffinierten technischen Mitteln, die bei uns sonst inzwischen eingesetzt werden, ist das doch Steinzeit.«
»Da haben Sie allerdings Recht. Und trotzdem passt es irgendwie nicht zu Ihnen.«
Sie beendeten ihr Frühstück, und Bienzle begleitete die Staatsanwältin zu ihrem Wagen.
»Glauben Sie denn, dass Sie den Täter finden?«, fragte Frau Relinger, als sie ihr Auto aufschloss.
»Ich hoffe es, und gleichzeitig fürchte ich mich davor.«
»Warum *das* denn?«
»Es könnte jemand sein, bei dem es mir leid tut. Aber das wäre dann auch nicht das erste Mal.«
Anuschka Relinger strich ihm kurz mit der Hand über die Wange. »Ich bin froh, dass ich Sie getroffen habe.«
Die Staatsanwältin stieg ein und fuhr rasch davon. Bienzle stand noch ein paar Augenblicke am Straßenrand und kam sich mit einem Mal ziemlich verloren vor.

Pfarrer Romero hatte sich das Band mehrfach angehört. »Nein«, sagte er dann überzeugt. »Das ist nicht die Stimme des Anrufers oder der Anruferin.« Sie saßen in der ersten Kirchenbank, und als Bienzle aufschaute, hatte er plötzlich das Gefühl, der Heiland am Kreuz über dem Altar schaue direkt auf sie herab und höre ihnen zu. Irgendwie war ihm das unangenehm.
Bienzle hatte dem Geistlichen nicht gesagt, wessen Stimme er auf das Band aufgenommen hatte. Jetzt erklärte der Pfarrer: »Das ist Gottlieb Huber.«
»Sie meinen den Gottlieb vom Autenrieth-Hof?« Plötzlich hatte der Knecht einen Nachnamen.

Der Pfarrer nickte. »Wissen Sie, wenn man den Menschen alle paar Wochen die Beichte abnimmt, lernt man ihre Stimmen kennen.«
»Und ist es die Stimme dessen, der Sie angerufen hat?«
»Nein! – Den Gottlieb hätte ich sofort erkannt.«
»Aber Sie sagten doch, die Stimme am Telefon sei Ihnen auch bekannt vorgekommen.«
»Ja, aber ich sagte Ihnen auch, dass ich sie niemandem zuordnen konnte.« Der Pfarrer zog ein Taschentuch heraus und polierte seine Brillengläser. »Ihre Stimme käme mir wohl auch bekannt vor, wenn ich sie in ein paar Tagen oder Wochen am Telefon hören würde, aber mir würde wohl kaum Ihre Person dazu einfallen.«
Bienzle nickte. Er verstand, was der Geistliche sagen wollte. Der Blick des Kommissars wanderte wieder zu Christus am Kreuz hinauf. »Sagen Sie, Herr Romero, ist es nicht eigentlich furchtbar schwer, wenn man von all den Verfehlungen der Menschen erfährt, vielleicht sogar von Verbrechen, womöglich von schweren Verbrechen, und man muss das alles für sich behalten?«
»Wenn der Sünder glaubhaft bereut, können wir ihm im Namen des Herrn vergeben.«
»Das ändert doch aber nichts daran, dass Sie wissen, was er getan hat. Nehmen wir an, Sie erfahren von einem Mord, der ungesühnt geblieben ist …«
»Bei uns geht es nicht um Sühne«, unterbrach ihn der Pfarrer, »sondern um Vergebung.«
»Mir ist es nicht nur einmal passiert«, sagte Bienzle, »dass ein Täter, den ich geschnappt habe, sichtlich erleichtert war. Manche haben sich sogar bedankt. Die Sühne haben diese Leute angenommen und als Chance begriffen.«

»Und? Kommt das oft vor?«
»Nein. Da haben Sie Recht. Es ist eher die Ausnahme. – Ich habe noch eine ganz andere Frage, Herr Romero.«
»Ja?«
»Wissen Sie, ob Frau Autenrieth am Freitagabend beim Frauenkreis war?«
»Ich war kurz bei den Damen. Normalerweise überlasse ich da das Feld ganz den Teilnehmerinnen. Laienarbeit ist so sehr wichtig in der Gemeinde.«
»Aha!« Bienzle versuchte seine Ungeduld zu zügeln.
»Frau Autenrieth ist eine der Eifrigsten«, fuhr Pfarrer Romero fort. »Aber am Freitag hat sie leider gefehlt.«
»Interessant!«
»Sie werden doch daraus keine falschen Schlüsse ziehen, Herr Kommissar.«
»Nein. Ich versuche immer, die richtigen Schlüsse zu ziehen. Allerdings gelingt es mir nicht immer.«

Bevor Bienzle sich auf den Weg zum Holderbusch machte, wollte er noch nach Sigmaringen fahren. Das Büro des Bezirksnotars fand er ganz in der Nähe der Gerichtsgebäude. Der Notar hieß Esslinger und war ein schwerer Mann um die sechzig, der, wie es Bienzle schien, nicht ging, sondern sich vorwärts schob, als er auf seinen dicken Beinen um den Schreibtisch herumkam, um dem Kommissar seine fleischige Hand zu reichen.
Der Kommissar schilderte dem Notar kurz sein Anliegen.
»Kein Problem«, sagte der, »wenn Sie sich ausweisen können.«
Danach hatte der Notar ohne weiteres ein Kuvert aus einem Tresor genommen, das er jetzt öffnete.

Bienzle fragte: »Dürfen Sie das denn einfach so aufmachen?«
»Noja, Sie sind net inkognito da. Des gibt a kleines Eröffnungsprotokoll des Nachlassgerichts. Mehr ist da nicht nötig.«
Er schob Bienzle eine Kopie über den Tisch. Gemeinsam studierten sie das Testament. »Hoppla!«, sagte Bienzle, »er hat seinem unehelichen Sohn Karl Meiler alles vermacht. Und die anderen kriegen gar nichts?«
»Seine Frau natürlich die Hälfte, aber bei der anderen Hälfte ist das kritisch.«
Bienzle las: »Im Falle meines Todes verpflichtet sich mein Sohn Karl, seinen Bruder Alexander und seine Schwester Ariane gebührend abzufinden.«
»Ich hab auf den Autenrieth eingeredet wie auf einen kranken Gaul, er soll des anders ausdrücken, aber so hat er es sich in Kopf g'setzt g'habt. Als freier Notar hätt ich ihn heimg'schickt. Aber als Amtsnotar muss ich ja jeden Unsinn verbriefen ...«
»Was heißt denn ›gebührend‹?«, fragte Bienzle. »Was krieget die jetzt?«
Esslinger lachte resigniert. »Das ist es ja, was ich ihm ausreden wollte. Gebührend, wer kann denn sagen, was gebührend ist? Wenn sie sich nicht einigen, was alle Beteiligten darunter verstehen – und da seh ich schwarz –, dann werden sie wahrscheinlich gerichteln, denn die beiden anderen können natürlich den so genannten Pflichtteilsergänzungsanspruch geltend machen. Dann gibt's eine ewige Käsdreckzieherei, und am Ende profitieren nur die Anwälte davon. Aber was willscht mache? D' Leut send halt, wie d' Leut send.«

Bienzle stand auf. Der Notar war aber offensichtlich noch nicht am Ende. »Er hat ja sogar vorgesorgt für den Fall, dass das mit der Änderung des Testaments nichts mehr geworden wäre.«

»Wie denn das?«

»Er hat extra ein Konto angelegt und 100 000 Euro drauf eingezahlt. Auf den Namen seines unehelichen Sohnes Karl Meiler.«

»Und woher wissen Sie das?«

»Es gibt hier einen Zusatz, dass das Geld verrechnet werden muss, wenn es zum Erbfall kommt.« Esslinger wedelte mit einem Stück Papier.

»Der Mann war also seinem unehelichen Sohn gegenüber ganz schön fürsorglich.«

»Also die reine Gutmütigkeit war des net! Ich kenn ihn ja ... das heißt, jetzt muss ich ja sagen, ich hab ihn gekannt. Der war von Haus aus g'wieß net gutmütig. Wie er da auf dem Stuhl gesessen hat, da hab ich ihn kaum wiedererkannt. Er muss ungeheuer unter Druck gestanden haben.«

»Wie unter Druck?«, fragte Bienzle. »So als ob ihm jemand gedroht hätte?«

»Fragen Sie mich was Leichteres. Aber möglich wär's.«

Bienzle reichte dem Notar rasch die Hand über den Tisch, um ihm zu ersparen, dass er seinen schweren Körper noch einmal aus dem Schreibtischsessel wuchten musste. »Ich dank Ihnen schön, Herr Esslinger.«

»Und ich wünsch Ihne viel Glück«, antwortete der Notar.

Die Fahrt nach Felsenbronn zurück ließ der Kommissar langsam angehen. Im Dorf angekommen, stellte er den Wagen vor dem Gasthof ab und machte sich zu Fuß auf den Weg durch das Holderbachtal hinaus zu Luise Hertters kleinem Holzhaus. Als er sich dem Grundstück näherte, hörte er die Holderliesel singen.

»Bunt sind schon die Wälder, gelb die Stoppelfelder, und der Herbst beginnt ...« Leise sang er mit: »Rote Blätter fallen, graue Nebel wallen, kühler weht der Wind.« Dann stieß er das schmale Gartentor auf. Eine Schar Hühner lief auf ihn zu. »Ich hab nichts für euch«, sagte er und hörte gleich darauf die Stimme Luises: »Ist da jemand?« Sie kam aus dem Haus. »Ach, du bist's!«

»Das ist ein schönes Lied, das du da grad' gesungen hast, und es beschreibt genau, wie's im Augenblick rings um uns rum ist.«

»Ja, gell.« Sie bat Bienzle ins Haus. Einen Kaffee habe sie auf der Maschine, sagte sie.

Noch unter der Tür begann Bienzle: »Ich hab gestern mit dem Karl Meiler gesprochen.«

»So, so.« Luise Hertter schien nicht besonders interessiert zu sein. »Und? Was sagt er?«

Bienzle zwängte sich hinter den Tisch. »Er hat mir von deinem letzten Brief erzählt.«

»Aha?« Sie wandte ihm den Rücken zu, um Kaffee in eine Tasse zu gießen, aber man sah ihrem Rücken an, wie sich plötzlich alles in ihr spannte.

»Woher hast du gewusst, dass der Autenrieth sein Testament geändert hat?«

»Man erfährt halt so manches.«

»Freiwillig hat der das bestimmt nicht gemacht.«

»Wie kommst du denn auf so was?«

»Das glaubst du doch auch nicht, oder?« Bienzle ließ sie nicht aus den Augen.

»Was ich glaub ...« Sie hob die Schultern. »Wen interessiert das überhaupt?«
»Mich«, sagte Bienzle.
»Als Person oder als Polizist?«
»Du bist genauso gewitzt wie der Gottlieb Huber!«
Luise Hertter setzte die Tasse hart ab. »Wie kommst du jetzt ausg'rechnet auf den?«
»Mit dem hab ich gestern auch gesprochen.«
»Du gibst keine Ruh', ha?«
»Erst wenn ich weiß, wie alles zusammenhängt.«
»Da hast du dir viel vorgenommen, Ernstle!«
»Vielleicht wär's leichter, wenn du mir a bissle dabei helfe würdest.«
»Selbst wenn ich möchte, könnt ich nicht.«
»Genau wie der Pfarrer Romero.«
»Hä?« Luises kleiner Kopf schoss vor, und ihre Hände klammerten sich an der Tischkante fest.
»Wenn der mir sagen könnte, was er weiß, dann wär ich schon sehr viel weiter.«
»Ach so, du meinst, was er so in der Beichte erfährt?«
Bienzle nickte, sagte aber nichts darauf, sondern nahm einen Schluck Kaffee, lehnte sich dann gegen die Wand zurück, hakte die Daumen in den Hosenbund und streckte seine Füße weit von sich. Erst nach einer ganzen Weile nahm er wieder das Wort: »Er ist angerufen worden.«
»Wer?«
»Pfarrer Romero. Es hat ihn jemand gefragt, ob die 30 000 Euro angekommen seien.«
»So? – Welche 30 000 Euro?«
»Derjenige hat anscheinend über die finanziellen Entscheidungen des Herrn Autenrieth gut Bescheid gewusst.«

»Dann wird es wohl jemand aus seiner Familie gewesen sein.«
»Des glaub ich jetzt weniger«, erwiderte Bienzle, ohne seine Haltung zu ändern.
»Und warum glaubst du des net?«
»Ich denke, irgendwer hat den Mann gewaltig unter Druck gesetzt.«
»Mit was denn auch?«
»Ja, wenn ich das wüsste. Es muss etwas gewesen sein, was eigentlich niemand wissen konnte außer ihm selbst und …«
Bienzle redete nicht weiter.
»Des kannscht dir ausem Kopf schlagen. Ich kann zwar den Pfarrer net leide, aber er würde das Beichtgeheimnis niemals brechen. Niemals!«
Bienzle zog seine Beine zurück und richtete sich etwas auf.
»Ich werde die Lösung schon noch finden. Vielleicht komme ich ja auch in einem der alten Fälle weiter.«
»Du bist ein sturer Bock«, sagte die Holderliesel.
»Ja, das sagt meine Hannelore auch.«
»Die könntest ruhig amal mitbringen und mir vorstellen.«
»Sie war bei Gerlindes Geburtstag dabei.«
»Da hab ich ja nicht können.«
»Warum eigentlich nicht?«
»Ich muss dir ja net alles erzählen«, sagte die Holderliesel patzig.
»Da hast du auch wieder Recht.« Bienzle erhob sich. »Ja, des war's dann wohl für heut!«
Luise öffnete die niedrige Tür, um ihn hinauszulassen. Ihre Gesichtszüge hatten sich verhärtet.
»Ich schau bestimmt noch amal rein«, sagte Bienzle.

»Streng dich nicht an!« Die Holderliesel drückte die Tür hinter ihm ins Schloss.

Diesmal nahm Bienzle den direkten Weg zurück ins Dorf. Das Wetter hatte umgeschlagen. Die Temperaturen waren innerhalb der letzten zwei Tage um gut zehn Grad geklettert. Der Himmel erstrahlte in einem makellosen Blau. Ein leiser Wind ging durch das Felsenbachtal und brachte fast etwas Frühlingshaftes mit. Es roch nach feuchter Erde.
Das Gespräch mit Luise Hertter hatte Bienzle in erhebliche Unruhe versetzt. Die alte Frau wusste sehr viel mehr, als sie herausließ. Aber was? Sie würde von sich aus nicht reden, genauso wenig wie die beiden Pfarrer Gilchinger und Romero. Wenn einer von denen sein Schweigen gebrochen hätte, wäre vermutlich alles wie von selbst zu erklären gewesen. Aber er wusste, dass das aussichtslos war.
Bienzle schritt auf die Polizeiwache zu. Ein Streifenwagen parkte vor der Tür. In der Revierwache saß ein etwa fünfzigjähriger Beamter in Uniform. Seine Rangabzeichen auf den Schulterstücken wiesen ihn als Hauptkommissar aus. Ihm gegenüber hatte eine junge, ebenfalls uniformierte Polizeianwärterin Platz genommen.
Bienzle stellte sich vor.
»Ach Sie sind das«, sagte der Kollege. »Kästle, mein Name. Ich habe kommissarisch die Leitung der Wache übernommen.« Er zeigte über den Tisch. »Die Kollegin Minke. – Wenn Sie was von uns brauchen …?«
Bienzle schüttelte den Kopf. »Im Augenblick nicht, aber das kann sich ändern.« Er deutete auf ein Regal: »Die beiden Ordner dort habe ich gestern zurückgestellt. Die hätte ich gerne nochmal.«

Die junge Frau, die bisher noch keinen Ton gesagt hatte, stand auf und reichte ihm die Aktenordner.
»Danke«, sagte Bienzle.
»Bitte!« Sie konnte also doch sprechen.
Bienzle verzog sich in das hintere Zimmer, in dem er Langlott mit den Kalenderauszügen konfrontiert hatte, und setzte sich an den Schreibtisch.
Die Fälle Günter Merkle und Marion Niedermaier waren mehr als dürftig dokumentiert. Bienzle schüttelte immer wieder den Kopf. Viel mehr als die reine Tatsache, dass die junge Frau Niedermaier am 23. März 1999 gegen einundzwanzig Uhr von einem Omnibus erfasst worden war, der sie zu Tode geschleift hatte, stand da nicht. Der Fahrer hatte einen Schock erlitten und in der ersten Vernehmung ausgesagt, dass er einen Schatten gesehen habe, der die Frau vor seinen Bus gestoßen habe. Eine Woche später hatte er diese Aussage zurückgenommen. Im Blut der Verstorbenen hatten Gerichtsmediziner 0,6 Promille Alkohol festgestellt. Frau Niedermaier war nach ihrem wöchentlichen Sportabend in der Frauengymnastikgruppe mit ein paar anderen Teilnehmerinnen noch in einer Kneipe gewesen, war aber als Erste gegangen. Eine Bekannte hatte ausgesagt, Marion sei den ganzen Abend schon so komisch gewesen. Wörtlich: »Total durch den Wind!« Aber keiner der Ermittlungsbeamten hatte sich die Mühe gemacht, dieser Aussage weiter nachzugehen.
Im Fall Günter Merkle, der im Herbst 2000 ums Leben gekommen war, fand Bienzle auch nicht viel mehr Hinweise. Merkle war ein Einzelgänger gewesen. Jedenfalls hatte das sein Vorarbeiter ausgesagt. Geredet habe der oft tagelang kein Wort. Aber fleißig sei er gewesen, sogar sehr fleißig.

Bei Überstunden oder Samstagsarbeit habe er nie gemault. Man habe das Gefühl gehabt, er sei froh, wenn er zur Arbeit kommen dürfe, weil er sich so allein in seiner Bude nicht wohl gefühlt habe. Mehr war aus der Akte über den Steinbrucharbeiter nicht zu erfahren.
Bienzle klappte den Aktendeckel zu. Er ärgerte sich jetzt, dass er Luise Hertter nicht nach den beiden gefragt hatte. Aber es gab ja immer noch seine Tante Gerlinde.

Als sie ihm die Tür öffnete, sagte sie: »Das hab ich g'wusst, dass du des bischt. Schon als es geklingelt hat.« Bienzle fiel ein, dass Gerlinde ihn schon früher so oder so ähnlich begrüßt hatte. Meistens sagte sie: »Grad hab ich an dich denkt!« Oder auch: »Gestern Abend hab ich noch zu meiner Nachbarin g'sagt: Morge krieg ich Besuch. Wahrscheinlich kommt der Ernst aus Stuttgart.« Bienzles Tante glaubte fest daran, dass es so etwas wie Gedankenübertragung gab. Sie setzten sich auf die schmale Veranda mit Blick auf Gerlindes Blumengarten an einen kleinen runden Tisch, auf dem ein Spitzendeckchen lag. Der auf drei Seiten verglaste Raum konnte nicht beheizt werden, aber jetzt, da die Sonne so kräftig schien und draußen nochmal gut fünfzehn Grad gemessen wurden, war es hier angenehm warm. Diesmal gab es Apfelkuchen, und der war frisch und saftig und mit feinen Streuseln und Rosinen bestreut. »Genau so, wie du ihn früher möge hascht«, sagte Gerlinde. Für solche Dinge hatte sie ein konkurrenzlos gutes Gedächtnis.
»Und? Wie kommst weiter?« Damit gab die Tante selbst den Startschuss zu Bienzles neuerlicher Befragung.
»Der Günter Merkle, was war denn das für einer?«
»Über den hat man fast nix g'wusst. Der hat ja nicht über

sich geredet. Überhaupt hat der fast nix g'schwätzt. Aber er hat unheimlich jähzornig werde könne, wenn ihm jemand krumm komme ischt. A paar Tag vor seinem Tod hätt er Krach g'habt mit einem Lehrling, wird erzählt. Der Zeininger, das ist der Besitzer von dem Steinbruch … aber das weißt du ja. Also der Zeininger hat die beiden getrennt. Am anderen Morgen hat man den Lehrling im Straßengraben gefunden. Sein Fahrrad lag neben ihm. Im Krankenhaus ist er zwar wieder aufgepäppelt worden, aber er hat einen bleibenden Hirnschaden behalten.«

»Und du meinst, da hat der Merkle dahintergesteckt?«

»Niemand weiß des, außer Gott …«

»… und dem Merkle sein Beichtvater«, setzte Bienzle den Satz fort.

Gerlinde seufzte. »Danach haben die andere Männer im Steinbruch jedenfalls den Merkle vollends gemieden. Keiner hat mehr mit ihm g'schwätzt. Keiner hat mehr mit ihm zusamme schaffe wolle. Der Zeininger hat alles Mögliche probiert. Schließlich war der Merkle sein bester Arbeiter. Es gibt Leut, die saget, der Merkle hätt sich selber extra so hingestellt, dass der Steinbrocke ihn hat treffe müsse.«

Bienzle sah seine Tante an. »Aber du hältst das eher für unwahrscheinlich, gell?«

»Mr kann in so en Mensche net neigucke«, antwortete Gerlinde und schaufelte Bienzle ungefragt noch ein Stück Kuchen auf den Teller.

Draußen wurde es langsam dunkel. Hinter den Giebeldächern der Nachbarhäuser sah man den Backofenberg. Er lag im rotgoldenen Licht der untergehenden Sonne. Die Krone des Mammutbaumes sah aus wie ein kleines Häubchen auf dem Haupt des kugeligen Hügels.

»Und jetzt erzähl mir noch was über die Marion Niedermaier.«
»Oh, du lieber Gott!«
»So schlimm?«
»Ihr Mann ist doch so krank gewesen.«
»Und?«
»So genau weiß ich's doch au net. Aber man hat gemunkelt, sie hätt nachgeholfe. Ich mein ja, es hätt vielleicht auch Mitleid sein könne.«
»Geht es au a bissle genauer?«
»Ja no. Der Herbert Niedermaier war fast zwanzig Jahr älter als sie. Und kaum waren sie verheiratet, hat sich bei dem ein schweres Herzleiden herausgestellt. Außerdem war er gege alles Mögliche allergisch. Die eine saget, sie hätt ihm zu viel Digitalis gegebe, und das hätte zum Herzstillstand geführt. Die andere meinet, sie hätt ihm ein Essen gekocht, in dem a Haufe Eier g'wese wäret. Er war gegen Eier in jeder Form so allergisch, dass er schon fast erstickt wär, wenn er bloß aus Versehen a paar Eiernudeln erwischt hätt.«
»In der Akte steht Herzversagen als Todesursache«, sagte Bienzle, »den Totenschein hat Niedermaiers Hausarzt ausgestellt.«
»Ja no, der!«
»Was meinst du damit?«
»Der hat einem ja fast leid tun könne. Er ist ja so gern in das Haus gekommen, allerdings nicht wegen dem Mann! Und später hat er ja keinen richtigen Grund mehr dafür g'habt.«
Bienzle seufzte. »Wenn ich dem jetzt allem nachgehen müsste!«
»Ich denk, es geht dir nur um den Tod von Paul Autenrieth?«

»Hast du nicht gesagt: Das hängt alles miteinander zusammen? Ich hör dich noch, wie du an deinem Geburtstag g'sagt hast: ›Die ganzen mysteriösen Todesfälle‹ – da sei es nie mit rechten Dingen zugegangen. In keinem einzigen Fall!«

Gerlinde nickte. »Aber an die Niedermaiersche hab ich da eigentlich nicht gedacht.«

Bienzle vertilgte den Rest seines Kuchens und erhob sich.

Gerlinde sagte: »Dann bischt also noch a Weile da in Felsenbronn?«

»Ein, zwei Tage noch.«

»Und dann hast du den Mord am Autenrieth gelöst, meinst du?«

»Ja«, sagte Bienzle schlicht. Auf das Gefühl, dass er kurz vor dem Abschluss eines Falles stand, hatte er sich bisher immer verlassen können. »Wenn der Mörder von hier ist, müsst er evangelisch sein«, sagte er.

»Was??« Gerlinde schrie es förmlich heraus. »Wie kommst du denn auf so was, um Gottes willen?«

»Er hat wahrscheinlich den Pfarrer noch einmal angerufen. Der Pfarrer meint, er kenne die Stimme, aber nicht so gut, wie er sie kennen würde, wenn derjenige bei ihm gebeichtet hä ...« Bienzle hielt abrupt inne.

Seine Tante sah ihn an. »Was ischt, hascht en Geist gseha oder was?«

»Ich Trottel!«

»Das hast jetzt aber selber g'sagt. Im Übrigen, es gehet ja net alle Katholische zur Beichte.«

»Aber jemand, der sich brennend dafür interessiert, ob eine Spende für die Kirche auch angekommen ist, doch wohl schon.«

»Ja, vielleicht.« Gerlinde gab nicht gerne zu, wenn sie etwas übersehen hatte.
Bienzle ging auf der engen Veranda in schnellen Schritten auf und ab. »Es gehen nicht alle Katholiken zur Beichte, da hast du schon Recht, Tante Gerlinde. Aber auch nicht alle, die zur Beichte gehen, beichten beim Pfarrer Romero!«
»Jetzt komm ich nimmer mit!«
»Dass ich da nicht schon früher drauf gekommen bin. Nach dem Mord hat jemand bei der Polizei angerufen und zu dem Langlott gesagt: ›Jetzt hat er, was ihm g'hört!‹«
»Und wer war das?«, wollte Gerlinde wissen.
»Darum geht es ja grade.«
»Mann oder Frau?«
»Jetzt guck amal, dasselbe hab ich den Langlott auch gefragt.«
»Und, was hat er g'sagt?«
»›Es gibt doch so Stimmen, wo man des net genau weiß.‹«
»Das stimmt allerdings. Vor allem im Radio«, sagte Gerlinde.
»Und nicht nur im Radio. Tante Gerlinde, ich muss leider los.«
Leicht beleidigt gab sie zurück: »Des kennt mr ja bei dir!«

Bienzle fuhr mit dem Auto auf dem Wiesenweg am Bach entlang zu Luise Hertters Häuschen. Inzwischen war es Nacht geworden. Die verkrüppelten Weidenstrünke am Ufer sahen aus wie Gespenster. Draußen war es wieder kälter geworden. Nebel stiegen aus der aufgewärmten Erde. Die Sicht wurde immer schlechter. Bienzle war kein guter Autofahrer, und in der Nacht hatte er Orientierungspro-

bleme. Ein paar Mal kam er vom Weg ab, schaffte es aber immer grade noch, aus dem weichen Wiesenuntergrund wieder herauszukommen. Hinter dem Backofenberg stieg der fast volle Mond empor. Sobald auch nur ein kleiner Teil den Rand des Hügels überstrahlte, wurde es heller und Bienzle fand sich besser zurecht.
In Luises Häuschen brannte kein Licht. Bienzle schalt sich einen Simpel. Es wäre wohl besser gewesen, zuerst im Adler vorbeizufahren. Wahrscheinlich stand die Holderliesel dort in der Küche.
Trotzdem stieg er aus und durchschritt das Gartentörchen. Die Gänse im Stall machten einen Riesenlärm. Wie damals auf dem Capitol in Rom, dachte Bienzle, bessere Wächter als jeder Hofhund.
Die Tür war verschlossen. Bienzle ging zur rechten hinteren Ecke des Hauses und fuhr mit der Hand zwischen den dritten und vierten Balken der rohen Holzwand. Ein Lächeln huschte über sein Gesicht. Der Schlüssel war noch am selben Platz versteckt wie vor fünfundvierzig Jahren.
Bienzle schloss auf und trat in den niedrigen Raum. Er schaltete das Licht ein. Das hatte sich immerhin geändert gegenüber damals: Inzwischen war Luise Hertters Häuschen an das Stromnetz angeschlossen. Der Kommissar zog sein Handy aus der Tasche und wählte die Nummer seines Gasthofs. Ja, die Holderliesel sei in der Küche, sagte die rothaarige Wirtin. Bienzle wollte wissen, ob er sie in einer bis anderthalb Stunden wohl noch antreffen werde.
»Ja sicher«, sagte die Wirtin und legte auf.
Bienzle schaute sich um. Dann setzte er sich auf die Bank hinter dem Tisch und zog die Schublade auf. Sauber geordnet lagen da ein Kalender, ein Block mit Briefpapier,

ein Päckchen Kuverts, ein Füller. Sonst nichts. Der Kommissar erinnerte sich daran, dass diese Schublade in seinen Kindertagen so etwas wie eine Schatztruhe gewesen war, angefüllt mit Spielkarten, Briefen und Postkarten aus aller Welt, Pralinenschachteln und Bonbons, einem Kästchen mit bunten Steinen, vielen Fotografien und einem Kaleidoskop, das tausend Formen und Farben zeigte, wenn man ein Auge zudrückte und mit dem anderen durch die kleine Öffnung schaute. Wo waren diese Herrlichkeiten alle? Luise Hertter hatte ihr Leben garantiert nicht so reduziert, dass sie nur noch die wenigen Dinge aufbewahrte, die man brauchte, um einen Brief zu schreiben.
Er stand auf und öffnete die oberen Türen des Küchenbüfetts, fand aber nur Teller, Tassen, Schüsseln, Platten und Gläser. In den beiden Büfettschubladen nur Besteck, Vorlegelöffel, Brotmesser, Rührlöffel, Dosenöffner und andere Küchenhandwerkzeuge. Hinter den unteren Türen verbargen sich Handtücher und Bettwäsche.
Bienzle richtete sich auf und ging ins Schlafzimmer. Dort stand nur das Bett, daneben ein Nachtkästchen und an der gegenüber liegenden Seite ein breiter Kleiderschrank aus Eichenholz. Auch die Durchsuchung dieses Raums ergab nichts. Bienzle hatte ein seltsames Gefühl, als ob die Holderliesel irgendwo in einer Ecke stünde und leise in sich hineinkicherte.
Mehr Räume hatte das Häuschen nicht. Als er es wieder verließ, hatte er nichts gefunden, und er war der festen Überzeugung, dass Luise Hertter alles, was er hätte finden können, vor ihm verbarg. Er stieg in den Dienstwagen und fuhr zurück.
Im Gasthof hatte die Holderliesel die Arbeit früher beendet

als sonst. Es sei ihr nicht gut, hatte sie gesagt und war schon kurz nach neun Uhr gegangen.
»Ich hätte ihr eigentlich begegnen müssen«, sagte Bienzle zu der Wirtin. »Ich war auf dem Talweg unterwegs.«
»Vielleicht ist sie ja noch zum Autenrieth-Hof hinaus.«
»Wie bitte? Hä? Was will sie denn da?«
»Sie ist jetzt öfter mit der Rose Autenrieth zusammen. Und mit dem Gottlieb versteht sie sich ja auch ganz gut.«
Bienzle überlegte sich, ob er noch zu dem Hof fahren sollte. Aber er war müde, und er war sich sicher, hier würde ihm sowieso keiner davonlaufen. »Morgen ist auch noch ein Tag«, sagte er und bestellte ein Viertele Lemberger. Das beste Mittel, um ruhig einschlafen zu können.

Als er auf sein Zimmer kam, rief er Hannelore an. Aber er erreichte nur seinen eigenen Anrufbeantworter. Er sprach einen Gruß darauf und legte sich ins Bett. Wo mochte sie sein? Sie ging kaum einmal allein in die Stadt, und wenn sie in einer wichtigen Arbeit steckte, verließ sie die Wohnung eigentlich nie. Dann beauftragte sie ihn, einzukaufen, ließ sich sogar ihre Malutensilien von ihm mitbringen. In dem Fachgeschäft kannte man ihn schon, und er hatte sich beinahe zu einem Experten entwickelt, während er auf diese Weise den Kurier machte. Dass er jetzt eifersüchtig wurde, kam ihm selbst lächerlich vor, zumal er gar nicht wusste, auf wen oder was er hätte eifersüchtig sein können. Der Versuchung, die Staatsanwältin Relinger anzurufen, die ihm für alle Fälle ihre Privat- und ihre Handynummer gegeben hatte, widerstand er. Doch an Schlaf war auch nicht zu denken. Also ging er seine Erlebnisse in Felsenbronn noch einmal durch.

Am Samstag waren sie angekommen. Sie hatten das Fest zu Gerlindes Geburtstag zunächst sehr genossen. Dann war plötzlich Langlott aufgetreten und hatte den Todesfall am Steilufer der jungen Donau gemeldet.
Bienzle erinnerte sich an die erste Begegnung mit dem Knecht Gottlieb auf dem Autenrieth-Hof, an den Hund Astor, der so zutraulich war und vor dem sich sein späterer Mörder, der Polizist Langlott, gleichwohl gefürchtet hatte. Es fiel ihm wieder ein, wie Gottlieb ihm das Herrenzimmer Paul Autenrieths gezeigt, sich selbst zunächst nicht hineingetraut, dann aber doch genau gewusst hatte, wo das geheime Versteck des Schlüssels für die Schublade war, in der Bienzle dann den Kalender mit der brisanten Eintragung fand: »Ich werde also zahlen!«
Er hatte bezahlt. 30 000 Euro an die Kirche. Aber war das alles? Schließlich hatte seine Tochter Ariane ihren Bruder Alexander gegen den Alten aufhetzen wollen, weil sie – vermutlich vom Sparkassen-Filialleiter – erfahren hatte, dass Paul Autenrieth neuerdings große Beträge abhob. Für wen brauchte Autenrieth das Geld?
Viel wichtiger erschien Bienzle aber die Frage, warum der alte Bauer sein Testament geändert hatte. Der Kommissar hielt es für unwahrscheinlich, dass Paul Autenrieth die Reue gepackt hatte. Der war ein Leben lang selbstgerecht gewesen. Aus eigener Einsicht hätte er wohl kaum eine Schuld eingestanden. Schließlich hatte es ihm ja wohl wenig ausgemacht, Karl Meilers Mutter in die Verzweiflung und schließlich in den Tod zu treiben. Die Frage war: Wer konnte den Großbauern zur Verantwortung ziehen? Derjenige musste ein gewaltiges Druckmittel in der Hand haben.

Luise Hertter wusste davon, dass Autenrieth seinen letzten Willen zugunsten seines unehelichen Sohnes geändert hatte. Und wahrscheinlich wusste sie auch, dass er 30 000 Euro an die Kirche bezahlt hatte. Aber woher? Das war die große und wahrscheinlich entscheidende Frage.

Pater Franziskus Gilchinger fiel ihm ein und die Tatsache, dass die Holderliesel nicht bereit war, sich einem anderen Geistlichen anzuvertrauen. Beruhte das womöglich auf Gegenseitigkeit? Auch ein Mann wie Pater Franziskus war bestimmt nicht unfehlbar.

Bienzle ließ den Spaziergang mit Gilchinger in Beuron noch einmal Revue passieren. »Warum haben Sie den Autenrieth nicht gemocht?«, hatte er den alten Geistlichen gefragt, und der hatte geantwortet: »Es gibt so Leute, die unsere Kirche nur für ihre Absolution wollen.«

Hatte Gilchinger vielleicht *ein*mal keinen Sinn darin gesehen, einem Sünder die Absolution zu erteilen, weil er an dessen Reue nicht glauben konnte? – Schwer vorstellbar. Und noch viel schwerer konnte sich Bienzle vorstellen, dass der alte Pater sein Wissen aus der Beichte genutzt hatte, um Autenrieth zu zwingen, seinen unehelichen Sohn in sein Erbe einzusetzen. Geradezu unvorstellbar war aber selbst für den Protestanten Bienzle, dass Gilchinger Luise Hertter ins Vertrauen gezogen hatte. Was also war passiert?

Bienzle erinnerte sich, wie er Rose Autenrieth in der Kirche getroffen hatte. Und Luise Hertter. Und plötzlich hörte er wieder ihre brüchige, raue Stimme: »Wann nimmt denn Hochwürden Gilchinger wieder die Beichte ab?« Und er hörte den jungen Pfarrer antworten: »Am Freitag nächster Woche.«

Luise Hertter war danach wortlos aus der Kirche gegangen,

und Bienzle hatte da schon das Gefühl, dass er die Frau irgendwoher kannte.
Am Freitag würde sie wieder die Gelegenheit haben, ihre schweren und ihre lässlichen Sünden dem Pater ihrer Wahl zu gestehen, um aus seinem Munde Vergebung zu erlangen. Dann kam Franziskus Gilchinger nach Felsenbronn in seine alte Kirche und nahm einigen der Gläubigen, die nur ihm vertrauten, die Beichte ab.
Bienzle drehte sich auf die Seite, entschlossen, endlich Schlaf zu finden. Irgendwann war ihm das dann wohl auch geglückt.

Sechster Tag – Donnerstag

Er wachte spät auf, und alles in ihm sträubte sich dagegen, das warme Bett zu verlassen. Ein Satz von Willy Brandt fiel ihm ein: »Wer zu früh aufsteht, ist auch zu anderen Verbrechen fähig.« Bienzle machte die Beine lang und streckte das Kreuz. Seine Nasenspitze fühlte sich kalt an. Er hatte am Abend die Heizung auf Null gedreht und das Fenster gekippt. In der Nacht musste es kalt geworden sein, ein Grund mehr, noch ein wenig länger unter der warmen Decke zu bleiben. Sein Beruf bestand zu einem nicht unwesentlichen Teil aus Nachdenken, und das konnte er auch im Bett. Sogar besser als an jedem anderen Ort, redete er sich ein. Aber seine Gedanken beschäftigten sich erst einmal nicht mit dem Mordfall Autenrieth, sondern mit dem Fall Bienzle/Hannelore.

Was war eigentlich los? Warum fühlte er sich mit einem Mal so fremd, wenn sie zusammen waren? Warum wirkte vieles, was sie sagte, so, als wolle sie ihm einen Vorwurf machen? Der Ton hatte sich geändert. Ihre Art, mit ihm zu reden, schuf sofort eine Distanz, die er nicht mehr zu überbrücken vermochte. Er war sich keiner Schuld bewusst und fahndete gleichwohl nach seiner Schuld. Er fahndete danach, wie er auch in seinen Fällen immer nach den Gründen fahndete, warum etwas so und nicht anders geschah. Aber seinem eigenen Fall war mit seinen eingeschliffenen kriminalistischen Methoden nicht beizukommen. Er rief sich zur Ordnung und zwang sich aus dem Bett.

Während er die Zähne putzte und dabei versuchte, seinem Spiegelbild aus dem Weg zu gehen, sagte er sich, wie gut er all die Menschen verstehen konnte, die morgens einfach liegen blieben. Für viele gab es ja weiß Gott auch keinen Grund aufzustehen, und bei sich selbst bezweifelte er auch, ob die Gründe wohl ausreichen würden; denn das, was ihm bevorstand, war bestimmt nicht das, was er sich wünschte. Noch war dieses Gefühl diffus, aber er wusste jetzt schon, dass es sich verdichten und heute, spätestens morgen zu einem Ergebnis führen würde, das er jetzt schon hasste, ohne es genau zu kennen.

Er stieß die Zahnbürste in den Zahnputzbecher und beschloss, sich heute einmal nicht zu rasieren.

Beim Frühstück ignorierte er die frisch gebackenen Brötchen, den Wurst- und den Käseaufschnitt. Er aß ein wenig Joghurt natur, trank rasch seinen Kaffee, und noch bevor ihn die rothaarige Wirtin fragen konnte, was denn heute mit ihm los sei, verließ er den Gasthof. Erst als er draußen stand, seinen Mantel zuknöpfte und die eiskalte Luft einatmete, überlegte er sich, was er nun eigentlich tun sollte. Seine Ratlosigkeit hielt nicht lange vor. Er drückte seinen Hut in die Stirn, versenkte seine Hände tief in den Manteltaschen und marschierte los.

Er ging nicht zum Autenrieth-Hof. Er besuchte nicht seine Tante Gerlinde. Er schaute nicht bei Bürgermeister Vogler vorbei, mied auch das Polizeirevier, machte einen Bogen um die Kirche und tauchte schon bald in den Mischwald im Westen Felsenbronns ein, dessen Laubbäume kaum noch Blätter trugen. Die wenigen aber, die sich gehalten hatten, leuchteten rot, braun, gelb und golden in der Morgensonne.

Vier Stunden trieb sich Bienzle in den Wäldern herum – ziellos und doch immer mit einer genauen Orientierung. Es war eine seiner Begabungen, sich nicht zu verirren, wenn er in der Natur war. In den Städten war das ganz anders.
Als sich der Kommissar schließlich gegen Mittag entschied, ins Dorf zurückzukehren, wusste er genau, wo er sich befand und welches der nächste Weg zu Luise Hertters Häuschen war.
Aber er traf sie wieder nicht an. Das Geflügel lief frei herum und war offenbar versorgt worden.
Bienzle ging nun zügig und schnell ins Dorf zurück, betrat die Kirche. In der zweitletzten Bankreihe knieten Luise Hertter und Rose Autenrieth nebeneinander und beteten. Als Bienzle die schwere Kirchentür hinter sich schloss, wendete nur Frau Autenrieth den Kopf. Er wusste nicht, ob sie der Holderliesel etwas zuflüsterte oder wieder in das Murmeln ihres Gebetes versank, jedenfalls änderte Frau Hertter ihre Haltung nicht.
Bienzle legte seinen Hut auf die letzte Bank und setzte sich auf den äußersten Platz gleich beim Mittelgang. Er war bekannt dafür, dass er sein Gefühl für die Zeit quasi abschalten konnte. Kollegen hatten ihn schon öfter mit einer Katze verglichen, die Stunden vor einem Mauseloch sitzen konnte, um auf den einen Augenblick zu warten, da die Maus ihr Nest verließ.
Als Erste erhob sich Rose Autenrieth, legte kurz ihre Hand auf den Unterarm von Luise Hertter und trat aus der Kirchenbank. Bei Bienzle blieb sie stehen. »Wollen Sie zu mir?«
»Später«, sagte Bienzle, ohne seine Stimme zu dämpfen.
Die Kirchentür fiel hinter Rose Autenrieth ins Schloss.

Bienzle streckte seine Beine, lehnte sich weit in der Bank zurück und hakte seine Daumen in den Hosenbund.
Endlich erhob sich die Holderliesel von ihren Knien. Sie sah zu ihm herüber und sagte: »Was willscht?«
»Nochmal mit dir reden.«
»Da gibt es nichts zu reden.«
»Du hast den Pfarrer angerufen und gefragt, ob er die 30 000 Euro bekommen habe.«
Luise Hertter sagte nichts.
»Antwortest du nicht, weil du in der Kirche nicht lügen willst?«
Wieder bekam er keine Antwort. Bienzle fuhr unbeirrt fort: »Du hast auch bei der Polizei angerufen und gesagt: ›Jetzt hat er, was ihm g'hört‹ und dann noch: ›Der Autenrieth ist tot. Er liegt an der Donau drunten. Direkt unter seiner Bank.‹«
Luise Hertter starrte den Kommissar nur an.
»Woher hast du das gewusst, Luise?« Bienzle stand jetzt auf und griff nach seinem Hut. Sein Blick fiel auf den Beichtstuhl.
Luise Hertter hatte den Blick wohl bemerkt. Jetzt ging sie zur Tür und sagte: »Ich geh. Mit dir schwätz i nimmer. Du brauchst auch gar nimmer zu mir komme. Ich will dich nicht mehr sehen, Ernst!«
»Das wird sich wohl kaum vermeiden lassen, Luise. Du bist meine wichtigste Zeugin.«
»Denk, was du willst.« Sie stand jetzt schon im Lichtfeld der offenen Tür. Dann ging sie, ohne sich noch einmal umzuwenden, über den Friedhof davon. Die Tür schwang, geschoben von einem leichten Wind, wieder zurück ins Schloss.

Bienzle blieb noch eine gute halbe Stunde in der Kirche. Aber nun saß er nicht mehr in der Bank, sondern bewegte sich rastlos durch den Raum. Er war froh, dass in dieser Zeit niemand das Gotteshaus betrat.

Danach wanderte Bienzle zum Autenrieth-Hof hinaus. Er ließ das Auto stehen, weil er sich bewegen und seinen Kopf auslüften wollte.

Gottlieb saß auf der Bank unter dem Kastanienbaum und spielte mit einem kleinen Hund, der kaum älter als sechs Wochen sein mochte. »Das wird also der neue Astor?«, sagte Bienzle.

»Astoria«, verbesserte der Knecht. »Es ischt a Weible.«

Bienzle setzte sich neben Gottlieb. »War die Luise Hertter gestern Abend hier draußen?«

»Weiß man jetzt, wann man den Herrn beerdigen kann?«, fragte Gottlieb, als hätte er Bienzles Frage gar nicht gehört.

Bienzle ließ sich nicht beirren. »Sie verstehen sich gut mit ihr, nicht wahr?«

»Ich hab mit niemand Streit.« Gottlieb warf ein Stöckchen. Der kleine Hund lief hinterher, wusste aber nicht, was er damit anfangen sollte.

»Ein Mischling, gell?«, fragte Bienzle.

»Halb Collie, halb Schäferhund«, gab der Knecht zurück. Das Tier stieg jetzt mit den Vorderpfoten an Bienzles Hosenbeinen hinauf und beschnüffelte sein Knie.

»Der Leichnam von Paul Autenrieth ist freigegeben«, sagte der Kommissar. »Ich bin gekommen, um seiner Witwe Bescheid zu sagen.«

Gottlieb seufzte. »Da semmer aber froh!«

»Sie meinen, Sie kriegen Ruhe, wenn er erst amal unter der Erde ist?«

»Ich mein gar nix. Komm, Astoria!« Der Knecht erhob sich ächzend und ging über den Hof zum Stall.
Bienzle überlegte, ob er ihm folgen sollte. Die Frage, die er Gottlieb gestellt hatte, war noch immer nicht beantwortet. Aber er wendete sich dann doch dem Wohnhaus zu. Aus Gottlieb würde niemand etwas herausbringen, was der nicht von sich aus preisgeben wollte.

Mit Erstaunen stellte Bienzle fest, dass die ganze Familie versammelt war. Um den großen Tisch im Wohn- und Esszimmer saßen Rose Autenrieth, ihre Tochter Ariane und ihr Sohn Alexander. Sie hatten den Kommissar offenbar nicht kommen hören.
Als Bienzle in die offen stehende Tür trat, sagte Ariane gerade: »Das sind 30 000 Euro, die er bar abgehoben hat. Mutter! Das ist ein Vermögen! Man muss rausfinden, wo das Geld geblieben ist.«
»Das kann ich Ihnen sagen«, Bienzle trat in das Zimmer. »Die hat Ihr Vater der katholischen Kirchengemeinde gespendet, wenn auch nicht ganz freiwillig.«
Die drei fuhren zu ihm herum.
»Was wollen Sie schon wieder?«, schnappte die junge Frau Autenrieth und wurde sofort von ihrer Mutter zur Ordnung gerufen: »Ariane, bitte!«
»Ich wollte Ihnen sagen, dass der Leichnam Ihres Mannes«, Bienzle verbeugte sich leicht gegen Rose Autenrieth und dann gegen die Kinder, »Ihres Vaters freigegeben wurde. Sie können ihn jetzt beerdigen.«
»Und dafür kommen Sie extra her?« Ariane funkelte ihn noch immer böse an. »Das hätte man ja wohl auch telefonisch machen können.«

»Ein paar Fragen hätte ich schon noch.«
Alexander sagte: »Fragen Sie.«
Frau Autenrieth zog einen Stuhl unter dem Tisch hervor und deutete dem Kommissar an, er möge sich setzen.
Bienzle nahm Platz und sagte: »Ich war beim Notar und kenne jetzt das Testament des Verstorbenen.«
»Das ist ja eine Ungeheuerlichkeit!«, schrie Ariane Autenrieth. »Es ist doch noch gar koi offizielle Testamentseröffnung gewesen!«
Bienzle lächelte sie an. »Es ist alles nach Recht und Gesetz gegangen. Glauben Sie mir. Der Verstorbene hat übrigens an seinem Todestag das Testament nochmal geändert.«
»Was hat der?« Ariane geriet langsam außer sich.
»Dann gilt das hier gar nicht?« Alexander schob Bienzle ein mit steiler Handschrift beschriebenes Blatt Papier über den Tisch.
»Nein! Das Datum liegt ja weit früher. Das neue Testament hat er beim Notar Esslinger gemacht, und der hat es amtlich beglaubigt.«
»Ja und?«
»Ich glaube nicht, dass ich befugt bin, darüber zu sprechen.«
Ariane sprang auf. »Dann fahren wir jetzt sofort zu dem Notar!«
Alexander machte keine Anstalten aufzustehen. Er sah Bienzle in die Augen. »Er hat alles dem Karl vermacht, stimmt's?«
Der Kommissar machte mit beiden Armen eine Bewegung, die durchaus als Zustimmung ausgelegt werden konnte.
»Und der Karl muss das gewusst haben«, fuhr Alexander fort.

»Keine Ahnung«, entgegnete Bienzle.
»Deshalb ist er doch gekommen.«
»Aber wenn der Papa das Testament doch erst am Freitag geändert hat«, warf Rose Autenrieth ein.
»Vielleicht hat jemand Karl Meiler angekündigt, dass Ihr Vater ihn als Erben einsetzen wollte«, sagte der Kommissar.
»Aber wer?«
»Das werden wir sicher auch noch erfahren«, sagte Bienzle.
»Das gibt's doch nicht!« Arianes Stimme überschlug sich.
»Er kann doch nicht diesem Bastard alles vermachen.«
Bienzle sagte in möglichst neutralem Ton: »Das ginge ja auch gar nicht: Alles! Natürlich erhält Ihre Mutter die Hälfte des Erbes.«
»Und der Rest??«
»Ariane, jetzt beruhig dich doch«, sagte Frau Autenrieth.
»Du hast gut reden«, giftete die Tochter. »Dir wird ja nichts genommen!«
»Ihne geht es ja wirtschaftlich auch so nicht schlecht«, warf Bienzle ein.
»Das geht Sie einen Dreck an!«
Bienzle lächelte: »Da haben Sie allerdings auch wieder Recht! – Hat jemand von Ihnen gewusst, dass der Verstorbene sein Testament ändern wollte?«
»Das ist das Erste, was ich höre!«, fauchte Ariane.
Alexander sagte: »Sie glauben, wir haben Wind davon bekommen und wollten ihn umbringen, bevor er …« Der Sohn des Hauses ließ den Satz in der Luft hängen.
»Ich glaube gar nichts, ich versuche die Wahrheit herauszukriegen. Leider haben Sie alle drei kein Alibi.«
»Was soll denn das jetzt schon wieder heißen?«

»Nichts. Ich stelle es nur fest.« Er wendete sich an Rose Autenrieth: »Sie waren nicht beim Frauenkreis wie sonst jeden Freitag.«
»Ich hab auch nie behauptet, dass ich am Freitag dort gwese sei.« Sie war jetzt ganz offensichtlich auf der Hut.
»Nein, das hat Gottlieb gesagt. Und bei ihm war es eigentlich auch nur eine Vermutung. Der Pfarrer sagte mir allerdings, dass sie ausnahmsweise am Freitag nicht teilgenommen hätten.«
»Ja, das stimmt.«
»Und wo waren Sie dann?«
»Ich hab am Nachmittag einen Streit mit meinem Mann gehabt. Danach war ich so aufgewühlt, dass ich für mich allein sein musste.«
»Und worum ging es bei dem Streit?«
»Mutter, lass dich doch nicht so ausfragen!«, rief die Tochter. Aber Rose Autenrieth gab ihr mit einer Geste zu verstehen, sie solle endlich still sein.
»Er hat mir vorgeworfen, ich würde mit Luise Hertter und unserem Knecht ein Komplott gegen ihn anzetteln.«
Bienzle nickte, als ob er das erwartet hätte, und fing sich dafür einen verwunderten Blick der Bäuerin ein.
»Hatten Sie eine Vorstellung, was er damit meinen könnte?«
»Nein, überhaupt nicht.«
»Haben Sie Luise Hertter oder Gottlieb danach gefragt?«
»Warum hätte ich das tun sollen?«
»Weil die beiden vielleicht tatsächlich etwas gegen Ihren Mann im Schilde führten.«
Ariane lachte auf. »Das ist doch hirnverbrannt.«
»Möglich«, sagte Bienzle bedächtig. »Es kann sein, dass ich

da auf einem ganz falschen Gleis bin. Aber das wird sich klären lassen.« Er stand auf und schob den Stuhl wieder ordentlich an seinen Platz zurück. »Wie gesagt, Sie können jetzt alles für die Beerdigung veranlassen.«

Es war kurz nach vierzehn Uhr, als er das stattliche Bauernhaus verließ. Bienzle zog sein Handy aus der Tasche und wählte die Nummer der Staatsanwaltschaft in Sigmaringen.

»Bienzle hier, können Sie mich mit Frau Dr. Relinger verbinden?«

»Schön, dass Sie sich melden«, hörte er kurz danach die Stimme der Staatsanwältin.

»Ich glaube, wir können morgen den Fall abschließen.«

»Aha?«

»Am besten wär's vielleicht, wir reden heute noch miteinander.«

»Gerne. Wollen Sie herkommen?«, fragte Frau Relinger.

»Ich find's hier gemütlicher. Soll ich im Adler fragen, ob die ein Zimmer für Sie haben?«

»Aber ohne gegenseitige Besuche«, gluckste Frau Dr. Relinger.

»Einverstanden.«

»Gut, ich komme so gegen sieben Uhr am Abend.«

Bienzle schaltete sein Telefon aus und sah zum Himmel hinauf. Von Westen her zog ein neues Regengebiet heran. Eine dichte Wolkenfront schob sich über die Albhochfläche. Noch war der Himmel über Felsenbronn blau, aber die graue Wand kam schnell näher und trieb einen böigen Wind vor sich her. Welkes Laub und Staub wurden von den Wegen hoch gewirbelt und als aufgeregte Kreisel nach Osten geblasen. Bienzle drückte seinen Hut tief in die Stirn

und hielt ihn mit der rechten Hand fest, während er die Linke in der Manteltasche versenkte.
Aber so kräftig er auch ausschritt, er entkam dem Wetter nicht. Der Wind frischte weiter auf und fuhr ihm giftig in den Nacken. Erste schwere Tropfen fielen, verdichteten sich rasch und trommelten auf seine Hutkrempe und auf seine Schultern. Plötzlich verlangsamte Bienzle seinen Schritt. Warum sollte er sich so anstrengen, wenn dem Regen sowieso nicht zu entkommen war. Schon als Kind hatte er es so gemacht und laut vor sich hin gesagt: »Jetzt ischt scho alles egal!« Bald schon war er völlig durchnässt. Der Mantel hielt kaum etwas ab. Seine Hosenbeine klebten an den Schenkeln. In den Schuhen quietschte das Wasser. Bienzle nahm den Hut von seinem fast kahlen Schädel, legte einen Zwischenschritt ein, dann noch einen, und plötzlich sang er laut: »I'm singing in the rain«, drehte sich um sich selbst und breitete dabei weit beide Arme aus.
Doch dann blieb er abrupt stehen und hörte sich sagen: »Als ob du einen Grund hättest, fröhlich zu sein!« Und von diesem Moment an stapfte er in gleichmäßigen schnellen Schritten und mit gesenktem Kopf weiter ins Dorf.
Als er die Wirtschaft des Gasthofs zum Adler betrat, bildete sich sofort ein kleiner See um seine Füße. Die rothaarige Wirtin kam aus der Küche. »Soll ich Ihnen die Sauna anmachen?«, fragte sie.
»Ja haben Sie denn eine?«
»Jetzt wohnet Sie fast schon eine Woche bei uns und wissen das nicht?«
Bienzle schüttelte den Kopf.
»D' Trepp nonder und dann rechts. Wenn Sie einmal in unseren Hausprospekt guckt hättet ...«

Bienzle lächelte die Wirtin offen an. »Das ist eine meiner Schwächen. Ich lese auch sonst niemals Gebrauchsanweisungen.«
Er ging in sein Zimmer hinauf, zog sich aus, frottierte sich ab, zog den Bademantel über, schlüpfte in seine Hausschlappen und stieg zwei Treppen hinab ins Untergeschoss.
Die Sauna hatte noch längst nicht die Betriebstemperatur erreicht, aber das Thermometer zeigte immerhin schon sechzig Grad, genug, um sich aufzuwärmen. Bienzle stieg zur obersten Bank hinauf und legte sich auf den Rücken. Eine wohlige Müdigkeit kroch in ihm hoch. Die Augenlider fielen ihm zu.
Als er wieder zu sich kam, war eine halbe Stunde vorbei. Er sah nach dem Thermometer. Jetzt stand es bei neunzig Grad, und Bienzles Körper schwamm im eigenen Schweiß. Als er aufstand, wurde es ihm ein wenig schwindlig.
Er stand lang in der Dusche und ließ das eiskalte Wasser aus einem Schlauch über sich plätschern, stieg dann ins Tauchbecken und legte sich schließlich auf einen von fünf Liegestühlen im Ruheraum.
Er ließ die Tage noch einmal Revue passieren. Aber was waren diese Tage gegen die sieben Jahre, die über dieses kleine Dorf gekommen waren und in denen es immer wieder, in regelmäßigen Abständen, diese unnatürlichen Todesfälle gegeben hatte.
Der erste Fall, von dem er erfahren hatte, betraf Ottfried Köhnlein. Der war mit seinem Auto in die Wolfachschlucht gestürzt und verbrannt.
Die Polizei hatte seinerzeit nicht lange ermittelt. Unfall unter Alkoholeinfluss. Die Akten sagten aus, Ottfried Köhnlein habe 2,4 Promille Alkohol im Blut gehabt. Was musste

man da noch lange nachforschen, wenn doch sowieso keiner um Köhnlein trauerte?

Bienzle erhob sich von der Liege und setzte sich auf eine schmale Bank vor zwei Holzkübel. Den einen ließ er mit kaltem Wasser volllaufen, den anderen füllte er mit heißem.
Der nächste Fall, von dem er erfahren hatte, lag zwei Jahre zurück. Der schwule Tierarzt Dr. Schmiedel hatte von ihm erzählt. Bienzle steckte seine Füße in das kalte Wasser im linken Kübel.
Sexauer hatte eine Autowerkstatt in Felsenbronn gehabt. Eines Tages war seine Hebebühne heruntergekracht und hatte ihn unter sich begraben.
Bienzle zog die Füße aus dem kalten Wasser und versenkte sie mit einem wohligen »Aaahhh« in dem heißen Holzkübel. Es sah verdammt so aus, als habe jemand Sexauers Partner und dessen Frau gerächt. Aber wer? Verwandte gab es nicht. Enge Freunde auch nicht.

Konrad Lauk war vor drei Jahren ebenfalls auf mysteriöse Weise ums Leben gekommen. Bienzle zog seine Füße aus dem Bottich, trocknete sie ab und kehrte in die Sauna zurück. Diesmal setzte er sich im Schneidersitz auf die oberste Bank. Er stellte die Knie weit aus und zog die Unterschenkel so dicht wie möglich an die Oberschenkel heran. Bis zum Lotossitz fehlten aber gut fünfundzwanzig Zentimeter. Trotzdem sah er jetzt ein wenig aus wie ein meditierender Buddha. »Weiter im Text«, forderte er sich selber auf.
Sven Heckmann, der Exmann von Ariane Autenrieth, war letztes Jahr gestorben. An einem Pflanzengift – einem

Insektizid, das man in der Landwirtschaft verwendet. Er musste unheimlich qualvoll zugrunde gegangen sein. Kein Mensch würde so ein Gift freiwillig zu sich nehmen, selbst wenn er sich umbringen wollte.

Schon nach wenigen Minuten standen dicke Schweißtropfen auf Bienzles Stirn und fielen einzeln hinab auf das Handtuch unter seinen Füßen.

Später waren dann die Fälle Marion Niedermaier und Günter Merkle hinzugekommen. Die junge Frau wurde vor fünf Jahren von einem Omnibus erfasst, der sie zu Tode schleifte. Günter Merkle war im Steinbruch von einem riesigen Felsbrocken erschlagen worden.

Bienzle machte seine Beine lang, stieg zum Boden hinunter, zog den runden kleinen Holzbottich unter der Bank hervor und schöpfte mit der hölzernen Kelle Wasser auf die Steine des Saunaofens. Dampf stieg auf und hüllte ihn ein. Bienzle blieb auf der untersten Stufe der Sauna sitzen und stützte seinen Kopf in die Hände. Plötzlich ging die Tür auf. Der nackte Kommissar hob den Kopf. Vor ihm stand die Staatsanwältin Anuschka Relinger, wie Gott sie geschaffen hatte.

»Die Wirtin hat mir gesagt, dass Sie hier sind. Nackt haben Sie mich ja schon mal gesehen. Ich bin eine leidenschaftliche Saunagängerin.« Sie stieg zur obersten Bank hinauf, wobei ihr strammes Hinterteil kurz Bienzles linkes Ohr streifte, und breitete ihr Badetuch aus.

»Ich bin aber grade fertig mit meinem zweiten Gang«, sagte Bienzle.

»Umso besser. Die Luft ist sowieso ein bisschen knapp hier drin.« Sie legte sich hin, zog das linke Bein an und stützte die rechte Wade auf das aufgestellte Knie.

Bienzle warf noch einen Blick zurück, ehe er die Tür schloss, und setzte sich dann lange dem eiskalten Wasser aus.
Er war auf dem Liegestuhl eingeschlafen, als sich Frau Relinger neben ihn legte. Sanft berührte sie ihn mit den Fingerspitzen an der Schulter. Bienzle murmelte leise: »Ja, Hannelore?« Danach unterließ die Staatsanwältin weitere Weckversuche.
Doch Bienzle kam nach wenigen Minuten von selbst zu sich, und als er sah, dass seine Nachbarin die Augen offen hatte, sagte er: »Morgen machen wir ein Experiment.«
»Und heute?«
»Lade ich Sie nochmal zum Essen ein. Dabei erzähle ich Ihnen, was meiner Ansicht nach in den letzten sieben Jahren hier passiert ist.«
»Und da reicht ein Abendessen? – Nach allem, was ich bisher weiß und was Sie mir schon am Montag erzählt haben ...«
»Ich gebe einen komprimierten Bericht.«
Bienzle betrat eine Stunde später die Gaststube. Frau Dr. Relinger war noch nicht da. Aber an einem runden Tisch ganz hinten in der Ecke saß der emeritierte Pfarrer Franziskus Gilchinger vor einem Glas Rotwein. Bienzle begrüßte ihn, und der Geistliche sagte, er nehme ja morgen in der Felsenbronner Kirche die Beichte ab, und da pflege er immer schon am Abend zuvor ins Dorf zu kommen und im Adler zu übernachten.
Bienzle fühlte sich beobachtet und schaute zur Küchentür. Luise Hertter stand hinter dem Türspalt und sah zu den beiden Männern herüber. »Und die Holderliesel sorgt dann dafür, dass Sie den besten Rostbraten kriegen«, sagte der Kommissar.
Der Pater lächelte Bienzle aus seinen steingrauen Augen an.

»Ja, sie ist ein echter Fan von mir! – Aber wollen Sie nicht Platz nehmen?«
Bienzle schüttelte den Kopf. »Ich habe gleich noch ein quasi dienstliches Gespräch. Frau Dr. Relinger, Staatsanwältin in Sigmaringen, muss jeden Moment kommen. Sie leitet das Verfahren im Fall Autenrieth.«
Franziskus Gilchinger zog die Augenbrauen hoch. »Glauben Sie denn, dass Sie den Fall lösen können?«
»Glauben – das ist ja vielleicht doch eher Ihre Domäne.«
Die rothaarige Wirtin brachte ungefragt ein Glas Trollinger mit Lemberger für Bienzle. Der Kommissar bedankte sich und sagte: »Sie können ruhig a ganze Flasche auf meinen Tisch stellen. Ich krieg noch Besuch.«
»Weiß ich doch«, sagte die Wirtin.
Bienzle prostete dem alten Pfarrer zu, und der gab dem Kommissar Bescheid. Und nun nahm Bienzle doch noch kurz am Tisch des Geistlichen Platz. »Der Autenrieth hat außer dem Pflichtteil für seine Frau alles seinem unehelichen Sohn vermacht.«
»Anständig!«
»Aber ich meine, nicht ganz freiwillig.«
»Und wer sollte ihn dazu gezwungen haben? Ausgerechnet den Paul Autenrieth?«
»Genau das versuche ich ja rauszukriegen.«
»Ich denke, Sie suchen den Mörder.«
»Ja«, sagte Bienzle und gab keine weitere Erklärung dazu.
Er wollte grade wieder aufstehen, da sagte Pater Gilchinger:
»Wenn Sie Paul Autenrieths Frau verdächtigen, sind Sie auf dem Holzweg.«
»Und das wissen Sie?«
»Ja!«

»Und Sie haben keinerlei Zweifel?«
»Nein!«
»Sie war also am letzten Freitag bei Ihnen?«
»Ja!«
»Und was wollte Sie?«
»Frau Autenrieth suchte ein seelsorgerliches Gespräch.«
»Worüber?«
»Das kann ich Ihnen nicht sagen.«
»Fallen seelsorgerliche Gespräche auch unter das Beichtgeheimnis?«
»Fragen Sie einen meiner evangelischen Amtsbrüder. Auch bei denen gilt in so einem Fall absolute Verschwiegenheit. Bei uns, die wir an das Sakrament der Beichte gebunden sind, umso mehr.«
»Oh du liabs Herrgöttle von Biberach ...«, entfuhr es Bienzle. Und der Geistliche vollendete den Satz mit einem lausbübischen Grinsen: »...wie hent di d'Mucka verschissa!«
Genau in diesem Moment betrat in Bienzles Rücken Anuschka Relinger die Wirtschaft. Sie trug einen Rock, der eine Handbreit über dem Knie endete, dazu eine knapp sitzende Bluse und hochhackige Schuhe. Die Haare hatte sie, wie auch immer, zu lauter Korkenzieherlöckchen gedrechselt, die das runde Gesicht mit den fordernden Augen und dem vollen Mund auf bezaubernde Weise einrahmten. Das alles sah Bienzle freilich erst, als der Pater sagte: »Ich glaube, die Staatsanwaltschaft ist eingetroffen« und der Kommissar sich umwandte.
Bienzle verabschiedete sich von Franziskus Gilchinger und trat auf Frau Relinger zu. »Können Sie das verantworten?«, fragte er.
»Was denn?«

»Dass Sie so unverschämt gut aussehen?«
»Das macht alles die Sauna und Ihre Anwesenheit«, sagte sie. »Und jetzt lassen Sie uns arbeiten.« Sie nickte kurz dem Pater zu und nahm an dem Tisch Platz, der nun schon knapp eine Woche lang für Bienzle reserviert war. Die geöffnete Rotweinflasche wartete schon.
»Kennen Sie Pfarrer Gilchinger?«, fragte Bienzle.
»Ja, manchmal bin ich in die Messe gegangen, wenn er sie hielt.«
»Sie sind katholisch?«
»Nein, aber die Gottesdienste bei denen finde ich wunderbar. Eigentlich wäre ›zauberhaft‹ das richtige Wort. Ja, ein Mann wie Pater Franziskus kann seine Gemeinde wirklich verzaubern. Er hätte mich durchaus dazu bringen können, katholisch zu werden. Leider hat er es nie versucht.«
Bienzle verkniff es sich zu fragen, wie sie das meine. Stattdessen zog er ein Blatt Papier aus der Brusttasche seiner Jacke, entfaltete es und strich es auf der Tischplatte glatt. Anuschka Relinger zog es zu sich her. Es war eine Aufstellung von Jahreszahlen und Namen:
1998: Ottfried Köhnlein
1999: Marion Niedermaier
2000: Günter Merkle
2001: Konrad Lauk
2002: Matthias Sexauer
2003: Sven Heckmann
2004: Paul Autenrieth
Die Staatsanwältin sah auf und sagte: »Ja. Und?«
»Ich erzähle Ihnen jetzt zu jedem dieser Namen kurz und knapp eine Geschichte.«
»Schießen Sie los!«

Bienzle erzählte, während sie eine wunderbar würzige Grießklößchensuppe aßen, fuhr fort, als sie sich dem zarten Rostbraten, den Spätzle und dem Sauerkraut zuwandten, berichtete, während er die Gläser immer wieder vollgoss und eine zweite Flasche Wein bestellte. Er unterbrach sich auch nicht lange, als sie den Nachtisch aussuchten und wie selbstverständlich bei Apfelküchle in Vanillesauce landeten, und er kam endlich zum Schluss, als die Wirtin als Digestif einen selbstgebrannten Obstler reichte.
Anuschka Relinger hatte zugehört, ohne den Kommissar auch nur ein einziges Mal zu unterbrechen. Als sie die leeren Schnapsgläser absetzten, sagte sie: »Sie können gut erzählen.«
»Danke.« Bienzle konnte ein selbstzufriedenes Schmunzeln nicht unterdrücken.
»Und das haben Sie alles in diesen paar Tagen zusammengetragen?«
»Man muss nur die richtigen Leute fragen. Und a bissle was steht ja auch in den Akten. Trotz allem.«
»Wie ›trotz allem‹?«
»Trotz der mangelhaften und lückenhaften Ermittlungsarbeit meiner und Ihrer Kollegen.«
»Dazu gebe ich keinen Kommentar.« Frau Relinger winkte der Wirtin, um noch einen zweiten Schnaps zu bestellen. Franziskus Gilchinger stand auf und nickte zu den beiden herüber, um sich zu verabschieden.
»Er sieht ja weiß Gott verdammt gut aus«, sagte die Staatsanwältin.
»Mhm«, machte Bienzle. »Ein imponierender Mann! Und das in jeder Hinsicht. Er wird bei unserer Arbeit morgen eine Schlüsselrolle übernehmen.«

»Ach ja? Und? Weiß er das?«
»Ich will es nicht ausschließen. Aber sicher bin ich mir nicht.«
Die Tür fiel hinter Pater Gilchinger ins Schloss. Die rothaarige Wirtin brachte noch zwei Schnäpse und fragte Bienzle: »Wissen Sie nun schon, wann Sie abreisen?«
»Morgen Abend«, sagte Bienzle. Er nippte vorsichtig an seinem zweiten Schnaps und sagte: »Ist die Holderliesel noch in der Küche?«
»Nein, die ist schon weg. Sie müsst morgen früh raus, hat sie g'sagt.«
»Wie früh?«
Frau Relinger wunderte sich. »Warum interessiert Sie das denn?«
»Weil ich mich danach richten muss«, sagte Bienzle.
»Ach, die steht doch so oder so mit den Hühnern auf«, sagte die Wirtin.
Bienzle fragte: »Wissen Sie, wann der Pater Gilchinger morgens mit der Beichte anfängt?«
»Schon vor der Frühmesse, wenn sich jemand anmeldet. Und die Frühmesse fängt um sechs Uhr an.«
»Oh du liabs Herrgött…«, aber ein zweites Mal an diesem Abend wollte er den Spruch nicht in die Welt posaunen.
Die Wirtin kehrte hinter den Tresen zurück.
»Warum ist das denn so wichtig?«, fragte Anuschka Relinger.
»Weil wir dann morgen früh spätestens um fünf Uhr aus dem Haus müssen.«
Sie tranken den Schnaps aus. Aber als Anuschka Relinger noch eine Flasche Wein bestellen wollte, sagte Bienzle: »Lieber nicht!«

Sie sah ihn an, und wieder fiel ihm auf, dass ihre braunen Augen goldene Einsprengsel hatten. »So streng auf einmal?«

»Das ist immer so, wenn sich ein Fall auf seine Lösung zu bewegt; dann kann ich mir keine Schwäche erlauben«, antwortete Bienzle.

»Schade«, sagte die Staatsanwältin. Sie stand auf, strich ihren kurzen Rock glatt und schloss die beiden oberen Knöpfe ihrer Bluse, die sie im Lauf des Gesprächs geöffnet hatte.

»Ich mach noch einen Spaziergang«, sagte Bienzle, »aber ich sag Ihnen lieber gleich, dass ich dabei allein sein möchte.«

»Wie charmant«, antwortete Anuschka.

»Es ist nur, weil ich mir in aller Ruhe nochmal alles durch den Kopf gehen lassen möchte. Manchmal kann man dabei feststellen, ob man etwas vergessen oder übersehen hat.«

»Ich verstehe Sie schon«, sagte Frau Relinger.

Sie trat mit ihm vor die Tür des Gasthofs. Der Regen hatte aufgehört. Ein kalter Wind fuhr durch die Straßen und Gassen und ließ in den Pfützen am Rinnstein kleine Wellen entstehen. Über den Himmel jagten einzelne Wolkenfetzen dahin.

»Ein scheußliches Wetter«, sagte Anuschka Relinger.

»Finden Sie?«

»Ich habe das Gefühl, dass sich jetzt schon der Winter ankündigt, und ich hasse die kalte Jahreszeit. Am liebsten würde ich von Oktober bis März irgendwo weit im Süden sein.«

»Schwierig bei Ihrem Beruf«, sagte Bienzle. »Was macht überhaupt Ihre Beförderung zur Oberstaatsanwältin?«

»Das hängt auch davon ab, ob wir hier Erfolg haben.«

»Dann muss ich mich ja besonders anstrengen!«
»Mir zuliebe?«
Bienzle nickte. »Ich kann ja nix mehr werden!«
»Aber Sie wollen gewinnen!«
»Immer!« Bienzle zog seinen Mantel enger um die Schultern und knöpfte ihn zu.
»Ja dann ...«, sagte Frau Relinger. »Ich hoffe, ich kann schlafen heute Nacht!«
»Ich wecke Sie um halb fünf, wenn's recht ist.«
Anuschka schauerte zusammen. »Ich kann mich nicht erinnern, schon mal so früh aufgestanden zu sein.«
»Ja, es ist ein Verbrechen!« Bienzle nahm ihre beiden Hände in die seinen. »Gute Nacht, Sie müssen rein, sonst erkälten Sie sich.« Er ließ sie los und wendete sich der Straße zu. Frau Relinger blieb noch einen Augenblick stehen und sah seiner Silhouette nach. Bienzle ging in die Nacht hinein, ohne sich noch einmal umzudrehen.

Das nasse Pflaster spiegelte das spärliche gelbe Licht der wenigen Straßenlampen. Die Fenster der meisten Häuser waren schon dunkel. Bienzle schritt das Spitzweggässchen hinunter, bog links ab und erreichte den Dorfplatz mit dem Rathaus und der Kirche. Einen Moment verharrte er, dann stieß er das schmiedeeiserne Törchen zum Friedhof auf. Langsam ging er an den Gräbern entlang und stieg die wenigen Stufen zur Kirchentür hinauf. Sie war verschlossen. Bienzle wandte sich um und lehnte sich mit den Schultern gegen das schwere Holz der Tür. Über ihm schlug die Kirchturmuhr erst viermal, dann elfmal. Der letzte Ton war noch nicht ganz verklungen, da erloschen die Straßenlampen. Auch Felsenbronn musste sparen.

Zum Glück hatten sich die restlichen Wolken vollends verzogen, und vom klaren Himmel leuchteten der Mond und die Sterne so hell, dass man in ihrem Licht hätte die Zeitung lesen können. Es war Bienzle schon früher aufgefallen, dass hier oben, auf der Schwäbischen Alb, die Mondnächte viel heller waren als in den Städten, wo Dunst und Staub das Licht vernebelten.
Bienzle stieß sich von der Kirchentür ab und stieg die Stufen hinab. An dem ausgehobenen Grab für Paul Autenrieth blieb er kurz stehen und sah in die Tiefe des akkuraten Rechtecks. Dort unten hatte sich das Regenwasser gesammelt. Er konnte sich schemenhaft in dem dunklen Spiegel in der Grube sehen.

Mit langen gleichmäßigen Schritten verließ er das Dorf und erreichte den schmalen Pfad, der am Steilufer hoch über der Donau entlang führte. Bienzle ging den Weg, den Paul Autenrieth eine Stunde vor seinem Tod gegangen war. Er wusste eigentlich nicht, warum er gerade diese Strecke gewählt hatte, zumal sie in der Nacht nicht ganz ungefährlich war. Der Steilabbruch zur Donau hin war nicht gesichert. Das schnell dahinfließende Wasser des Flusses blitzte immer wieder durch Lücken zwischen Bäumen und Buschwerk hell zu ihm herauf. Das Mondlicht spielte silbrig auf den Wellen.
Bienzle verscheuchte die Gedanken an Anuschka Relinger. Er wollte sich jetzt auf keinen Fall beim Nachdenken drausbringen lassen. Er zwang sich auch, nicht an Hannelore zu denken. Tagsüber hatte er sich immer wieder gefragt, was wohl geschehen war. Sie hatte in der Zeit, die er nun in Felsenbronn war, kein einziges Mal angerufen. Und als er sich

am Nachmittag einmal bei ihr gemeldet hatte, sagte sie nur: »Wenn was Wichtiges gewesen wäre, hätte ich schon angerufen.« Dabei klang ihre Stimme so sachlich, als führten sie ein geschäftliches oder dienstliches Gespräch.

Die Bank, auf der Paul Autenrieth bei seinen abendlichen Spaziergängen mit Astor, seinem Hund, Rast zu machen pflegte, kam in Bienzles Blickfeld. Der Kommissar kniff die Augen zusammen. Gegen den hellen Horizont war eine dunkle Gestalt auszumachen. Sie lehnte sich nicht an. Vielmehr saß sie auf der vorderen Kante der Sitzfläche und hatte das Kreuz kerzengerade durchgedrückt. Bienzle achtete darauf, wenig Lärm zu machen, um möglichst nahe an die Gestalt auf der Bank heranzukommen, ehe sie ihn bemerkte.

Er war nur noch zwei Meter entfernt, als er »Guten Abend« sagte.

Ruckartig wandte der Mensch auf der Bank Bienzle den Kopf zu. Es war Gottlieb Huber.

»Darf ich?«, sagte Bienzle und setzte sich neben den alten Knecht vom Autenrieth-Hof. »Man sagt ja, den Täter zieht es immer wieder zum Tatort zurück. Dort drüben ist Paul Autenrieth niedergeschlagen und über den Rand gestoßen worden.«

»Aber net von mir«, sagte der Knecht.

»Warum sind Sie denn so spät am Abend noch hier draußen?«

»Ich bin gern hier.« Gottlieb zog eine flache Flasche aus der Jackentasche und nahm einen Schluck. »Sie auch einen?«

Bienzle schüttelte den Kopf. »Ich hab schon g'nug heut Abend.«

Gottlieb schob den Flachmann in die Jackentasche zurück.

Danach saßen sie eine ganze Zeit schweigend nebeneinander. Endlich sagte Bienzle: »Sie wissen, wer es war.« Das war keine Frage, sondern eine Feststellung. Gottlieb antwortete nichts darauf.
Bienzle sagte: »Es hat in den letzten Jahren noch mehr Morde gegeben in Felsenbronn.«
»Ja«, sagte Gottlieb schlicht.
»Ihr habt hier so etwas wie eure eigene Gerichtsbarkeit.«
Gottlieb rutschte auf der Sitzfläche nach hinten und senkte seinen Rücken gegen die Lehne. »Dazu werden Sie von mir nichts hören.«
»Am Ende vielleicht doch!« Auch Bienzle lehnte sich zurück, streckte seine Beine weit von sich und hakte die Daumen in den Hosenbund. »Eigentlich ist es gar nimmer kalt«, sagte er.
Gottlieb nickte: »Das ist manchmal so nach einem Regen. Erst kühlt es ab, und dann steigt die Wärme aus der Erde.«
»Und d' Hase backet Pfannekuche!«
Der alte Knecht lachte auf den Stockzähnen. »Des kennet Sie also auch.«
Wieder schwiegen sie eine Weile, bis Bienzle fragte: »Wie alt sind Sie?«
»Vierundachtzig, warum?«
»Und immer noch jeden Tag im G'schirr.«
»Wenn mr mich lässt!« Gottlieb nahm noch einmal einen kräftigen Schluck aus seinem Flachmann. Dann sagte er: »Ich hab amal mit einem alten Schweizer gesprochen. Der ist aus einem Bergdorf gekommen, hoch droben in den Alpen. Wenn da einer achtzig Jahr alt wird, steigt er mit einer Flasche Schnaps hinauf in den Gletscher und lässt sich in eine eisige Spalte hinunter. Dort unten setzt er sich hin,

trinkt die Flasche aus und wartet, bis er erfriert. Des sei gar kein unangenehmer Tod, hat der g'sagt, eher sanft.«

»Das habe ich schon bei Jack London gelesen«, meinte Bienzle. Aber Gottlieb konnte mit dem Namen nichts anfangen.

»Trotzdem«, sagte Bienzle, »jeder Tod ist unangenehm. Keiner geht gern. Selbst dann, wenn es ihm a Leba lang dreckig gegangen ist.«

»Wenn es schnell geht oder so sanft wie bei den Schweizern im Gletscher …«

Bienzle sah zu dem alten Knecht hinüber. »Klingt so, als ob Sie mir was sagen wollten.«

Gottlieb räusperte sich. »Damals, bei dem Sven Heckmann. Das geht ganz allein auf meine Kappe.«

Bienzle hielt den Atem an, und es dauerte eine Weile, bis er die Sprache wieder fand. »Sie haben ihn umgebracht?«

Gottlieb nickte nur.

»Sie geben einen Mord zu? Einfach so?«

»Nicht einfach so. Aber Sie rollen das ja jetzt alles wieder auf. Und ich will nicht, dass das jemand anderem in die Schuhe geschoben wird.«

»Wem denn zum Beispiel?«

Gottlieb antwortete nicht darauf.

Seltsamerweise widmete Bienzle in diesem Augenblick seine Gedanken der Tatsache, dass Gottlieb, dieser alte Schwabe, wieder ein fast lupenreines Hochdeutsch sprach. Der Kommissar hatte ein wenig Mühe, zum Thema zurückzufinden. »Aber warum? Sie haben doch die Ariane gar nicht gemocht. Eher im Gegenteil.«

»Ich hab Ihnen nicht alles erzählt, Herr Kommissar. Die erste Frau Heckmann, Katharina, das war meine Tochter.«

»Ach!«

»Ja, ach«, höhnte Gottlieb Huber. »Als er sie geheiratet hat, war sie eine wunderschöne, lebenslustige junge Person. Hochbegabt. Und trotzdem nie hochmütig. Ein Kind, wie man es sich wünscht. Dabei hat sie schon ganz früh ihre Mutter verloren. Und ich war kein besonders begabter Vater, zumal ich damals schon weit über fünfzig war. – Man soll vielleicht so spät überhaupt nimmer Vater werden.«

»Sie waren nicht immer Knecht«, sagte Bienzle.

»Nein. Aber ich bin mit meinem Schicksal nicht unzufrieden. Ich war immer gerne auf dem Autenrieth-Hof.«

»Obwohl der Bauer Sie gedemütigt hat?«

»Ich konnte damit am besten von allen umgehen.«

Bienzle ließ sich nochmal alles durch den Kopf gehen, was sein Banknachbar gesagt hatte. Viele Fragen drängten sich jetzt auf. Aber er hatte Zeit. In dieser Nacht wollte er nicht ungeduldig werden. »Wo ist Ihre Tochter jetzt?«

»In Frankreich. Ganz unten im Süden. Fast schon in Spanien. Sie betreibt dort seit dem letzten Frühjahr einen alternativen Bauernhof mit Freunden. Ich glaube, sie hat jetzt wieder Boden unter den Füßen.«

»Und gegen Sven Heckmann hat sie sich nicht wehren können?«

»Lange nicht. Nein. Der war ein Sadist. Manchmal hat er eine Nutte aus der Stadt mitgebracht und seine Frau dazu gezwungen zuzuschauen, wenn er's mit ihr getrieben hat.« Gottlieb spuckte in weitem Bogen aus. »Und das war noch lang nicht das Schlimmste. Ersparen Sie mir den Rest.«

Bienzle stand auf. »Herr Huber, Sie haben soeben einen Mord gestanden. Sie wissen, dass ich Sie festnehmen muss.«

Auch Gottlieb stand auf. »Als junger Mensch bin ich durch

die ganze Welt gereist. Ich war immer in der Natur. Aber ich hab nie was Rechts g'lernt. Und die Mutter von meiner Katharina war genauso: ungebunden, frei und immer unterwegs. Dass sie die Krankheit schon in sich getragen hat, als wir uns gefunden haben, hat sie bis zum Schluss verschwiegen. Wir hatten wunderschöne Jahre.«

»Und obwohl Sie immer unterwegs waren, sind Sie ausgerechnet auf dem Autenrieth-Hof sesshaft geworden.«

»Es gibt viele schwäbische Sprüche, die ganz gut beschreiben, wie es im Leben zugeht. Am besten hat mir immer der eines alten, müden Mannes gefallen: ›Beißen kann i nimmer, springe kann i nimmer, dann muss ich mich halt mit de Hund vertrage.‹«

»Ich hab auch einen Lieblingsspruch«, sagte Bienzle. Da war neben ihm nun ein geständiger Mörder, ein Mann, der einen anderen auf brutale Weise umgebracht hatte, der womöglich sogar zugesehen hatte, wie der qualvoll starb, und er redete mit ihm, als ob sie sich über eine beliebige Kleinigkeit unterhalten würden.

»Und? Wie geht Ihr Spruch?«, fragte Gottlieb Huber.

»Mr kann net alle Berg ebe mache.«

»Gefällt mir!« Gottlieb setzte den Flachmann an und gurgelte ihn aus.

»Wann ist Ihre Frau gestorben?«, fragte Bienzle.

»Heute sind es dreißig Jahre.«

»Und wie alt war Ihre Tochter damals?«

»Vier.« Gottlieb wischte sich mit dem Handrücken die Tränen aus den Augenwinkeln. »Katharina hat viel von ihrer Mutter geerbt. Nur nicht ihre Menschenkenntnis. Sonst wäre sie auf Heckmann nicht hereingefallen. Zum Glück hat sie am Ende doch die Kraft gefunden, sich von dem

Scheißkerl zu trennen. Ich hätte ihn damals schon umgebracht, wenn er nicht verschwunden wäre. Wenig später habe ich dann den Autenrieth kennen gelernt und mich bei ihm verdingt. Ich brauchte ein Dach überm Kopf, und ich wollte weg von der Straße. Katharina war damals in einer psychosomatischen Klinik, und man konnte nicht absehen, wie lange das dauern würde. Es war auch deshalb schwer, weil ich zum Teil für die Krankenhauskosten selbst aufkommen musste.
Und dann taucht doch tatsächlich eines Tages Sven Heckmann auf dem Autenrieth-Hof auf. Als Freund von Ariane. Er hat mir Geld gegeben. Viel Geld für meine Verhältnisse, damit ich nicht verraten habe, dass ich mal sein Schwiegervater war.«
Gottlieb Huber lachte bitter auf. »Das Geld hab ich brauchen können. Ich hab ihm allerdings nicht versprochen zu verschweigen, was für ein Charakterschwein er war. Ich hab Katharinas Namen natürlich nicht genannt, aber nach und nach habe ich Ariane klargemacht, was für ein Dreckskerl ihr Mann war. Und da ich keine genaueren Angaben gemacht habe, hat sie alles nachgeprüft. So ist sie!«
»Aber dann ist sie doch sicher irgendwann darauf gekommen, dass Sie früher einmal Heckmanns Schwiegervater gewesen sind?«
»Ja, aber da hatte sie sich schon von ihm getrennt und war zu dem alten Gadamer nach Gomadingen gezogen. Heckmann wollte auf dem Hof bleiben. Mit dem alten Autenrieth hat er es komischerweise ganz gut gekonnt. Heckmann hat mir die Schuld dafür gegeben, dass seine Ehe mit Ariane schiefgegangen war.«
»Das hat ja wohl auch gestimmt.«

»Ja. Allerdings! Und irgendwann hätte er sich bitter dafür gerächt. Den Plan dazu hat er wohl schon gehabt. Jedenfalls hat er mir ständig gedroht.«

Die beiden Männer standen immer noch im fahlen Mondlicht zwischen der Bank, die Autenrieth einst gestiftet hatte, und dem Abgrund. Tief unten in der Schlucht rauschte und gurgelte die Donau. Gottlieb Huber warf den leeren Flachmann in weitem Bogen über die Felskante hinab.

»Aber ich habe ja auch auf den Tag der Rache gewartet. Und ich wurde immer ruhiger dabei, weil ich mir immer sicherer war, dass ich ihm zuvorkommen würde. Er sollte für alles bezahlen. Man muss im Leben immer für alles bezahlen.«

»Rache!« Bienzle schüttelte den Kopf. »Jeder will scheint's hier nur seine Rache! Und bezahlen werden Sie im Gefängnis dafür, Gottlieb!«

»Mich können Sie genauso wenig einsperren wie einen von den Bergfalken oder den Bussarden, die da unten in den Donaufelsen ihre Nester haben.«

»Es wird mir nichts anderes übrig bleiben. Kommen Sie.«

Vom Kirchturm schlug es halb zwölf.

»Es gibt Gesetze«, sagte Bienzle. »Ihr hier in Felsenbronn habt euch viel zu lange darüber hinweggesetzt.«

»Vielleicht haben Sie Recht!«

Sie gingen nebeneinander auf das Dorf zu. »Am besten bringe ich Sie gleich in die Arrestzelle im Polizeirevier.«

»Ja«, sagte Gottlieb. »Das wäre sicher das Beste – für Sie. Aber nicht für mich.« Der alte Knecht machte ein paar schnelle kurze Schritte nach rechts und dann einen großen Satz. Er verschwand in der Tiefe. Als Bienzle zur Kante des Steilufers trat, hörte er den Körper Gottliebs tief unten auf die Steine aufschlagen.

Siebter Tag – Freitag

Bienzle hatte in der Nacht kein Auge zugetan. Zunächst hatte er über sein Funktelefon die Polizeibereitschaft angerufen und danach den Staatsanwalt vom Dienst.
Als die Beamten da waren und das Gelände ausgeleuchtet hatten, war er im Licht der Scheinwerfer zum Flussbett der Donau hinabgeklettert. Gottlieb Huber lag fast an derselben Stelle wie eine Woche zuvor Paul Autenrieth. Sein Körper war seltsam verdreht und verschränkt. Aber sein Gesicht war unverletzt, und Bienzle glaubte, einen zufriedenen Ausdruck darauf zu bemerken. Normalerweise wäre ihm der Ausgang nicht unrecht gewesen. Die Vorstellung, dass dieser alte Mann nach Wochen in der Untersuchungshaft vor ein Gericht hätte treten müssen, das ihn unweigerlich zu lebenslänglicher Gefängnishaft verurteilt hätte, war dem Kommissar zuwider.
Aber er ärgerte sich. Denn er hatte es versäumt, von Gottlieb alles zu erfahren, was der über die anderen Morde wusste. Zudem passten die Puzzleteile nicht mehr zusammen, die Bienzle im Verlauf der Woche gefunden und in sein Bild eingefügt hatte. Und so kam es, dass er sich vor dem neuen Morgen, der ihm alle Erklärungen auf einen Schlag bringen sollte, zu fürchten begann.

Gegen halb vier Uhr traf er im Gasthof Adler ein, legte sich auf sein Bett und versuchte wenigstens eine Stunde Schlaf zu finden. Aber es gelang ihm nicht. Schließlich stand er

wieder auf, ging in das schmale Badezimmer und warf sich mit beiden Händen kaltes Wasser ins Gesicht. Fünf Minuten später klopfte er an Frau Dr. Relingers Tür. Es dauerte keine fünf Sekunden, da stand sie auf der Schwelle. Sie wirkte frisch und ausgeschlafen. Der Kapuzenmantel, den sie umgehängt hatte, reichte bis zum Boden. Sie sah Bienzle an: »Mein Gott, wie sehen Sie denn aus. Sie sind ja ganz grau im Gesicht!«
»Ich hab heute Nacht nicht geschlafen. Wir haben ein Mordgeständnis und einen Selbstmord. Ihr Kollege Stollwerk ist damit befasst.«
»Sie haben Autenrieths Mörder? Da hätten Sie mich aber unbedingt wecken müssen.« Frau Relinger funkelte ihn böse an.
»Nein. Gottlieb Huber, der Knecht auf dem Autenrieth-Hof, hat gestanden, Sven Heckmann vergiftet zu haben. Danach hat er sich zu Tode gestürzt. Alles andere ist nach wie vor unklar.«

Auf dem Weg zur Kirche erzählte Bienzle in dürren Worten, was geschehen war, seitdem sie sich am Abend zuvor getrennt hatten.
»Und Sie konnten ihn nicht daran hindern zu springen?«, fragte die Staatsanwältin.
»Nein«, sagte Bienzle.
»Oder wollten Sie nicht?«
Daraufhin erzählte er ihr die Geschichte von den alten Schweizer Bergbauern, die sich zum Sterben eine Gletscherspalte suchten.
Der Mond hing jetzt als weiße Scheibe am Himmel. Die Sterne verblassten im lichten Grau, das sich von Osten her

über die Hochfläche der Schwäbischen Alb ausbreitete. Eine Vorahnung der Dämmerung. Die sanften Anhöhen mit ihren versprengten Wäldern waren nur schemenhaft zu erkennen, als hätte sie ein Maler auf seinem Bild nur angedeutet. Es war windstill.
Zehn Minuten nach fünf Uhr erreichten sie die Kirche. Die Tür war verschlossen. Bienzle und Relinger versteckten sich hinter einem Grabmal am Ende des Friedhofs.

Fünf Minuten später traf Pater Franziskus Gilchinger ein. Er schloss die Kirchentür auf und verschwand im Inneren des Gotteshauses. Kurz darauf erschien Luise Hertter. Sie trug einen schwarzen Lodenmantel und ein Kopftuch, das sie unter dem Kinn geknotet hatte. Als sie in der Kirche verschwunden war, griff Bienzle nach der Hand der Staatsanwältin und zog sie hinter sich her. »Jetzt kommt alles darauf an, dass sie uns nicht bemerken«, flüsterte er. Unendlich behutsam drückte er die eiserne Klinke nieder, und ganz langsam schob er den rechten Flügel der schweren Holztür auf. Sie schwang nach innen, ohne einen Ton von sich zu geben. Mit genauso viel Bedacht, wie er die Tür geöffnet hatte, schloss Bienzle sie wieder.
Auf Zehenspitzen ging er voran zur zweitletzten Bank und deutete auf den Platz, den Luise Hertter nun schon seit vielen Jahren für sich reserviert hatte. Seine Tante Gerlinde hatte Bienzle erzählt, die Holderliesel könne fuchsteufelswild werden, wenn sich jemand erdreistete, sich dorthin zu setzen. Das ganze Dorf respektiere Luise Hertters Besitzanspruch auf diesen Platz.
»Und ihr habt sie nie gefragt, warum ihr das so wichtig ist?«, hatte Bienzle seine Tante gefragt.

»Andere Leut hent andere Mödele«, hatte seine Tante darauf geantwortet, und damit war der Fall für sie erledigt.
Auf dem Weg zur Kirche hatte Anuschka Relinger Bienzle gefragt, wie er ausgerechnet auf die alte Frau Hertter gekommen sei. Bienzle hatte ihr erläutert: »Pfarrer Romero wurde von jemandem angerufen und nach den 30 000 Euro gefragt, der nicht bei ihm beichtete, aller Wahrscheinlichkeit nach aber doch katholisch war …«
»Und wie kommen Sie darauf?«
»Weil ihm die Spende für die katholische Kirche so wichtig war. Das kann man sich bei einem Protestanten weniger vorstellen.«
Es gab freilich noch mehr Indizien. Die Holderliesel wusste über die Mordopfer gut Bescheid, hütete sich aber sehr, dies zu zeigen. Sie konnte verdammt ärgerlich werden, wenn Bienzle sie dazu verführte, mehr darüber zu erzählen, als sie sich eigentlich vorgenommen hatte.
Das alles habe doch keinerlei Beweiskraft, hatte die Staatsanwältin eingewendet.
»Ja was glauben Sie denn, warum ich Sie dazu überreden möchte, zu so einer unchristlichen Zeit aufzustehen, um in die Kirche zu gehen?«

Sie schoben sich dicht nebeneinander in die Kirchenbank, und sie saßen noch nicht ganz, da hörten sie Stimmen – so deutlich, als wären die Sprechenden keine zwei Schritte von ihnen entfernt.
»… konntest du mir das nicht ersparen?« Das war Pater Franziskus.
»Es hat sein müssen.«
»Aber er hat doch alle deine Bedingungen erfüllt.«

»Ja, er hat sein Testament geändert, und er hat die Kirche mit einer Spende bedacht«, hörten die beiden in der zweitletzten Bank Luise Hertter sagen.
»Na also!«
»Aber er hat keine seiner Taten bereut. Im Gegenteil, er war so eingebildet und hoffärtig wie eh und je. Ich hab doch alles gewusst, was er getan hat. Er hat es ja hier«, Bienzle und Frau Relinger hörten die Knöchel der alten Frau hart auf das Holz des Beichtstuhls klopfen, »gebeichtet.«
»Er hat es gebeichtet, um die Absolution zu erhalten«, rief Pater Franziskus.
»Aber er hat nichts bereut. Nicht dass er die Mutter seines Sohnes in den Tod getrieben hat, nicht dass er den Langlott gekauft hat, nicht dass er seine Kinder behandelt hat wie Aussätzige, nicht dass er seinen Nachbarn um dessen Grund und Boden betrogen hat, nicht dass er …«
»Ja, ja, ja«, hörten sie den Pfarrer dazwischenfahren. »Aber es ist Gottes Sache, den Menschen Gerechtigkeit widerfahren zu lassen.«
»Nicht einmal der Mord an Johannes Paul I. ist gesühnt«, sagte die Holderliesel unbeeindruckt. »Oder Gott hat kein Werkzeug auf dieser Erde gefunden, um die Tat zu bestrafen.«
»Du versündigst dich, meine Tochter. Du hast dich schon immer versündigt. Du hast die Beichte belauscht …«
»Woher wollen Sie das wissen?« Jede Ehrerbietung schien aus Luise Hertters Stimme verschwunden zu sein.
»Niemand hat sich je erklären können, wie all das Wissen, an dem ich und mein Amtsbruder nur allzu schwer getragen haben, auch jemand anderem bekannt geworden war. Aber wir ahnten, dass wir unser schweres Wissen, das uns fast

in den Boden zu drücken drohte, ohne unser Zutun mit jemandem teilten. Das begann mit den schrecklichen Geständnissen, die Ottfried Köhnlein hier in diesem Beichtstuhl ablegte, und ging weiter mit Marion Niedermaiers Beichte und der von Konrad Lauk. Ich könnte grade so weitermachen: Merkle, Sexauer, Heckmann …«
»Heckmann, das war ich nicht!«, fuhr Luise Hertter dazwischen.
»Nein!«, dröhnte jetzt Ernst Bienzles Stimme durch die Kirche. »Das war der Gottlieb Huber.«
Einen Augenblick war es ganz still. Dann traten Pater Gilchinger und Luise Hertter aus dem Beichtstuhl.
»Hier hast du gesessen, Luise«, sagte Bienzle. »An diesem Platz versteht man jedes Wort, das im Beichtstuhl gesprochen wird. Wahrscheinlich bist du ja ganz zufällig dahintergekommen. Und vielleicht hast du ja anfänglich nur gelauscht, um dich gut zu unterhalten. Das ersetzt ja jeden Roman, wenn man hier gemütlich sitzt und die Geständnisse der Sünder mithören kann.«
»Was tust du auf mei'm Platz!«, schrie die Holderliesel.
»Nicht so laut. Es zerreißt einem ja das Trommelfell!« Bienzle stand auf und ging zum Beichtstuhl hinüber. Die Staatsanwältin blieb sitzen und machte sich Notizen in einem kleinen Buch.
»Unsere Techniker werden dahinterkommen, wie die Akustik hier beschaffen ist, sodass man auf deinem Platz jeden Seufzer aus dem Beichtstuhl mithören kann.«
Luise Hertter sagte nichts dazu.
Franziskus Gilchinger starrte Bienzle an. »Das glaube ich nicht«, sagte er, und zum ersten Mal konnte Bienzle so etwas wie Unsicherheit in den Augen des Paters lesen.

»Sie haben die Opfer gerächt, von deren Misshandlungen und Demütigungen Sie auf diesem Platz hier erfahren haben?«, sagte Frau Dr. Relinger, die nach wie vor ganz links außen in der zweitletzten Bank saß.
»Ja hättet die denn weiter frei rumlaufe und immer weiter ihre Lumpereie begehe solle?«
»Du hättest zu uns kommen müssen!«, sagte Bienzle.
»Ja wie denn? Da hätt ich ja zugeben müssen, wo ich das alles her hab. Außerdem: Meinst du, so einem wie dem Langlott hätt ich getraut?«
Pater Franziskus Gilchinger sagte zu Bienzle: »Also damit bin ich überfordert.«
»Ich fürchte, jeder ist damit überfordert«, antwortete Bienzle. Dann wandte er sich direkt an Luise Hertter: »Du hast das doch nicht allein gemacht.«
»Wen interessiert das denn?«
»Mich, die Frau Staatsanwältin und irgendwann auch mal deinen Richter.«
»Gott ist mein Richter.«
Gilchinger schüttelte den Kopf. »Gottes Barmherzigkeit ist zwar groß ...«
»Ich will meine Beichte zu Ende bringen«, sagte Luise Hertter. »Und ich will, dass Gott mir meine Sünden vergibt.« Entschlossen wollte sie in den Beichtstuhl zurückkehren.
Aber Bienzle hielt sie noch einmal auf. »Holderliesel!«
»Ja, was ischt denn noch?«
»Gottlieb hat mir gestanden, dass er Sven Heckmann umgebracht hat – ohne dein Dazutun. Danach ist er an derselben Stelle über die Felskante hinuntergesprungen, wo du den Autenrieth hinuntergestoßen hast.«

Luise begann zu zittern. »Das darf man nicht. Selbstmord ist eine schwere Sünde.«
»Mord auch«, sagte Bienzle. »Der Gottlieb war immer dein Komplize, stimmt's?«
»Ich hätt das ja unmöglich alles allein machen können.«
»Die Frau hat keinerlei Unrechtsbewusstsein«, rief Anuschka Relinger fassungslos. »Ich glaube, so was hat es seit dem Grafen von Monte Christo nie mehr gegeben.«
Bienzle machte eine unwillige Bewegung. »Der Ottfried Köhnlein ist mit seinem Auto nicht in die Schlucht gestürzt, weil er betrunken war.«
»Nein, wir haben die Radmuttern an beiden Vorderrädern gelöst – der Gottlieb und ich.«
»Ihr habt ihn verurteilt und das Urteil gleich selber vollstreckt – unfasslich!«
»Es ist uns schwergefallen damals, beim ersten Mal. Aber danach ist es immer leichter gegangen.«
»Mein Gott«, hörte Bienzle Frau Relinger aufstöhnen.
»Ist es dir auch leichtgefallen, Marion Niedermaier vor den Bus zu stoßen?«
»Die hat's net anders verdient gehabt. Hat den eigenen Mann umgebracht, bloß weil sie ein Verhältnis mit dem Doktor g'habt hat. Hier, in diesem Beichtstuhl hat sie es gestanden. Eine Überdosis Digitalis hat sie ihm verabreicht. Ihr Freund, der Arzt, hat nix davon gewusst, und er hat sich ja dann auch von ihr abgewandt. Sonst …«
»Sonst hättet ihr den auch noch umgebracht?«
»Des war ja dann net nötig.«
»Und wie war's bei Günter Merkle?«
»Da habet mir nix damit zu tun g'habt. Der hat sich selbst gerichtet. Da hat niemand nachhelfe müsse. Der Mann

muss so verzweifelt g'wese sei über seine Untat im Jähzorn, dass er sich selbst unter den Felsen g'stellt hat, damit der Stein ihn erschlägt!«
Bienzle sah zu Pater Gilchinger hinüber, und der nickte bestätigend, wenn auch kaum merklich.
»Konrad Lauk aber – der war euer Opfer«, sagte Bienzle.
»Er hat seine Eltern ins Unglück gebracht, und sie wären vollends vor die Hunde gegangen, wenn man da nichts dagegen gemacht hätt. Frag Hochwürden Gilchinger! Er hat sich ja dann um das Ehepaar Lauk gekümmert.«
»Ja, ihr Sohn hat übel an den alten Leuten gehandelt«, sagte Pater Franziskus, »und sie hatten doch ihr ganzes Leben nur für ihn geschuftet. So viel Undankbarkeit ist schlimm, aber natürlich kein Grund, diesen Mann zu töten, zumal er seine Tat ja vor mir und unserem Herrn bereut hat.«
»Mich hat des damals net überzeugt«, sagte Luise Hertter spitz.
»Und wie habt ihr's gemacht?«, wollte Bienzle wissen.
»Der Gottlieb hat den Föhn präpariert. Und ich bin in sein Badezimmer marschiert. Er hat ja nicht abgeschlossen gehabt. Die wenigste Leute schließet hier ihre Häuser ab. Ich seh ihn heut noch, wie er zuerst g'lacht, dann entsetzt zuguckt hat, wie ich den Stecker neisteck und den Föhn zu ihm in d' Badewanne schmeiß.«
»Und dabei hast du zuschauen können?«
»Nein, ich bin sofort davong'laufe und hab mich nicht mehr umgedreht. – Beim Sexauer bin ich ja au net dabei stehe bliebe. Der Gottlieb hat in der Nacht die Hebebühne hergerichtet und mir gezeigt, wo ich drauf drücke muss. Natürlich hat der Matthias Sexauer nicht denkt, dass ich was davon versteh. Ich hab ja auch nix davon verstande. Er

hat sich nur gewundert, dass ausgerechnet ich zu ihm in sei Werkstatt komm. Ich hab ja noch nie in meinem Lebe was mit Autos zu tun g'habt.«
»Und Paul Autenrieth?«
»Ich hab draußen am Donaudurchbruch noch mit ihm gesprochen. Dann bin ich zurück, hab aber hundert Meter weiter hinter einem Holderbusch auf ihn gewartet, und wie er dann gekommen ist, bin ich vor ihn hin getreten und hab gesagt: ›Mit Geld lässt sich nicht alles wieder gutmachen.‹«
»Den Stock hattest du da schon in der Hand?«
»Ja. Aber Autenrieth ist einfach weitergegeangen und hat mich gar nicht beachtet.«
»Und dann hast du zugeschlagen?«
»Ja. Aber darüber hat er nur g'lacht. Er ist a bissle gestolpert. Und dann hat er einen Schritt gemacht. Zur Seite. Zur Felskante hin. Ich hab ihm dann bloß noch an Schubser geben müssen.«
Bienzle hörte, wie Frau Relinger in seinem Rücken die Luft scharf durch die Zähne sog.
»So, und jetzt will ich endlich meine Beichte zu Ende bringen«, sagte Luise Hertter.
Bienzle antwortete: »Ich warte hier auf dich.«
»Aber wehe, ihr hört wieder zu!« Damit verschwand die Holderliesel hinter dem Vorhang. Franziskus Gilchinger hob seine Arme in einer hilflosen Geste.

Um sechs Uhr, als die Glocken zur Frühmesse läuteten, halfen zwei Polizistinnen Luise Hertter in einen Dienstwagen der Polizei. Ein paar Gläubige, die zur Kirche kamen, blieben stehen und sahen verwundert zu.

»Lasset euern Pfarrer net warten«, sagte Bienzle und beugte sich nochmal zu Luise Hertter hinunter. »Soll ich der Gerlinde sagen, dass sie sich um deine Viecher kümmert?«

»Ja, mach des!«

Epilog

Bienzle kehrte noch am selben Tag nach Stuttgart zurück. Hannelore war nicht da. Er duschte, legte sich ins Bett und schlief sechzehn Stunden am Stück. Als er endlich wieder aufwachte, fand er auf dem Küchentisch einen Zettel. »Bin auf einer Studienreise in Sizilien. Rückkehr offen. Hannelore.«
Am liebsten hätte er sich daraufhin wieder ins Bett gelegt. Doch Bienzle war, wie die meisten Männer, ein Pragmatiker. Er frühstückte ausgiebig, las die Samstagszeitung und verließ das Haus gegen vier Uhr am Nachmittag. Nach einem langen Spaziergang, den man schon fast eine Wanderung hätte nennen können, über den Kappelberg nach Esslingen kehrte er dort in eine Weinstube ein, ließ sich vom Wirt das Telefon bringen und rief Anuschka Relinger an.
In der Stuttgarter Oper gebe es am morgigen Sonntag eine Aufführung von La Traviata. Er habe da Verbindungen und könne zwei Karten besorgen. Ob sie Lust habe zu kommen.
»Was heißt eigentlich ›La Traviata‹?«, fragte Anuschka.
»Frei übersetzt: ›Die vom Weg Abgekommene‹.«
»Ich komme, aber ich fahre danach zurück.«
»Wie Sie wollen«, sagte Bienzle und stellte für sich fest, dass es ihm so lieber war. Er richtete sich darauf ein, Hannelores Rückkehr abzuwarten.

Felix Huby
Der Heckenschütze
Peter Heilands erster Fall
Roman

384 Seiten. Gebunden

Felix Hubys neuer Kommissar: Peter Heiland

Kriminalhauptkommissar Peter Heiland, Anfang dreißig, hat es aus Stuttgart zu einer der acht Mordkommissionen nach Berlin verschlagen. Hier ist alles um einiges rauer und hektischer als im heimischen Schwabenland. Man könnte meinen, der schwäbische Fahnder sei völlig überfordert, als er den Auftrag bekommt, den Sniper von Berlin zu finden und zu überführen, einen Mann, der wild und skrupellos Jagd auf Menschen macht. Doch mit Phantasie und der Gabe, »um die Ecke denken zu können«, gelingt es dem sympathischen Schwaben, dem Heckenschützen auf die Spur zu kommen und ihn zu stoppen.

Scherz

fi 5-10286 / 1